# 各位親愛的鼠迷朋友，
# 歡迎來到老鼠世界！

什麼什麼什麼？這是《老鼠記者》系列第100期？！

怪不得我們穿得特別隆重……

趁着這個特別的時刻，一起來看看我這些年一些特別難忘的經歷，也讓你更深入認識我最特別的家鼠好友們吧！

《鼠民公報》
辦公室
賴皮
（謝利連摩的表弟）
班哲文
（謝利連摩的姪兒）

GERONIMO STILTON
謝利連摩・史提頓
菲
(謝利連摩的妹妹)

老鼠記者 100
**謝利連摩和好友的歡樂時光**
STILTON & FRIENDS STORIA DI UN'AMICIZIA STRATOPICA
作　　者：Geronimo Stilton　謝利連摩・史提頓
譯　　者：陸辛耘
責任編輯：胡頌茵
中文版封面設計：蔡學彰
中文版美術設計：羅益珠
出　　版：新雅文化事業有限公司
香港英皇道499號北角工業大廈18樓
電話：（852）2138 7998
傳真：（852）2597 4003
網址：http://www.sunya.com.hk
電郵：marketing@sunya.com.hk
發　　行：香港聯合書刊物流有限公司
香港荃灣德士古道220-248號荃灣工業中心16樓
電話：（852）2150 2100　傳真：（852）2407 3062
電郵：info@suplogistics.com.hk
印　　刷：C & C Offset Printing Co., Ltd
香港新界大埔汀麗路36號
版　　次：二〇二一年七月初版



http://www.geronimostilton.com
Based on an original idea by Elisabetta Dami.
Art Director: Iacopo Bruno
Original Cover: Alessandro Muscillo, Christian Aliprandi
Graphic Designer: Emilio Ignozza/ theWorldofDOT (Adapted by Sun Ya Publications (HK) Ltd.)
Illustrations of the initial pages: Roberto Ronchi, Studio Parlapà, Andrea Cavallini | Mappe: Andrea da Rold and Andrea Cavallini
Story illustrations: Alessandro Muscillo, Archivio Piemme
Artistic Coordination: Roberta Bianchi
Graphics: Giorgia Tosi, Daria Colombo
Illustrations of the appendice: Archivio Piemme | Graphic by Giorgia Tosi & editing by Elisa Ravagnan

ISBN: 978-962-08-7772-8

18/F, North Point Industrial Building, 499 King's Road, Hong Kong
Published in Hong Kong, China
Printed in China

老鼠記者 Geronimo Stilton

# 謝利連摩和好友的歡樂時光

謝利連摩・史提頓
Geronimo Stilton

新雅文化事業有限公司
www.sunya.com.hk

# 目錄

**嘩嘩嘩！謝利連摩，**
**你喜歡我的小玩笑嗎？**

噢，親愛的！你小時候真是太可愛了！快給我親一親！

叔叔，你小時候也是這麼膽小呢！

#小謝利連摩 #兒時玩伴 #捉迷藏
#史奎克 #愛管閒事鼠

**啫喱，獨家新聞照片來了！**

#編輯記者的日常 #鼠民公報
#職場衝鋒陷陣 #獨家新聞分秒必爭

**親愛的，我來了！**
**你有想我嗎？**

#親愛的 #小乖乖 #驚喜探訪
#老鼠記者 #工作狂

**最好的生日禮物！謝謝我的**
**家鼠好友們！**

孫兒，記住要工作、工作再工作！今天就讓你休息一會，生日快樂！

笨蛋表哥，祝你不再闖禍，生日快樂！

#難忘的生日風波
#生日快樂 #我的家鼠好友

# 一首奇怪的歌曲

你們能想像出這世上最可口、最美味、最神奇的蛋糕嗎？對我來說，它至少由八層海綿蛋糕組成，而且每一層中間都夾着馬斯卡邦**乳酪糖霜**！嘖嘖嘖！那天早上出現在我夢裏的，就是這樣一個大蛋糕呢！為了**呼呼**大睡一覺，前一晚我並沒有設置鬧鐘。

正當我在美夢中想要切下那塊香甜可口的蛋糕時……

## 一首奇怪的歌曲

「叮嘀叮嘀叮叮叮嘀叮嘀叮叮叮嘀叮嘀叮叮叮……」*

一陣尖細的金屬聲音讓我嚇得不禁瞪大了雙眼。這聽起來好像是……一首什麼歌曲？!

「叮嘀叮嘀叮叮！！！」當歌曲結束，一堆彩色紙屑灑落在我身上。

我騰地從牀上跳起，腦袋差點撞上一個奇怪的飛行物。什麼？我的房間裏居然有一架無人機？!它是怎麼進來的呀？為什麼它要往我身上灑紙屑呀？

各位親愛的鼠迷朋友，你們一定也和我一樣，充滿了各種疑問，對吧？

啊呀呀，真不好意思！看我粗心的，都忘了自我介紹呢！我叫史提頓，**謝利連摩·史提頓**。我經營着《**鼠民公報**》，也就是老鼠島上最著名的報紙！

**那音調像極了生日歌：「祝你生日快樂……祝你生日快樂……」*

什什什麼……？

## 一首奇怪的歌曲

不過，這天早上，我不用上班。其實我請了一整天的假期呢，因為我要慶祝……

「史多頓先生，
生日快樂！」

無人機呱呱叫道。

我不禁回答說：「呃……我叫史提頓啦，不是史多頓。還有，我想知道你到底是怎麼進來的？」

無人機卻並沒有回答我的問題，只是說道：「今日第一號指令：起牀。趕快行動！」

以一千塊莫澤雷勒乳酪的名義發誓，這個東西怎麼一點禮貌都沒有呀！它不停在我的頭上盤旋，我忍不住仔細打量起它來。我發現，在無人機上有一個很小的**標誌**，是藍色和黃色的……而且機身上髒兮兮的呢。

難道是油漆？還是鞋油？!

又或者是……

……煤煙灰？

對呀！一定是煤煙灰！

我終於知道無人機是從哪兒進來我的房間了！房間裏門窗都緊閉着，那它一定是從……

你們是不是也猜到了呢？沒錯！就是從壁爐進來的！

**「今日第一號指令：起牀。史多頓先生，請趕快行動！」**無人機又重複了一遍剛才的話。

我歎了口氣，説道：「好吧好吧，知道了！我這就起牀！」

我的一隻腳爪才剛落地，就聽到……

**叮咚！叮咚！**

## 一首奇怪的歌曲

不會吧！門鈴居然響起了！會是誰呢？

**「第二號指令：開門。快！」**無人機催促道。

我連忙下牀，將一隻腳爪伸進拖鞋，然後找另一隻……咦？它去哪兒了呀？！

**「啟動大笨鼠極速協助，」**無人機又發出了聲音。

「你說什麼呀？我可不是……」我不禁抗議，但還沒等我說完，無人機就已經從沙發後吊出那隻失蹤的拖鞋，並將它放到了我的腳爪邊。

「謝謝！你真好！」我稱讚說。

「第二號指令：開門。快快快！」無人機又催促了起來。

我直搖起頭，說：「當我沒說過！你一點兒也不好……」

我用最快的速度換好衣服，期間，**門鈴**依舊響個不停，無人機也同樣呼喊個不停……

我夢想的**生日**，不應該是這樣開始的呀！

# 不修邊幅

我一打開門，就被一道強光照射着雙眼。

原來，是剛才那架無人機！它發出了強光照射在我的臉上。與此同時，我的耳邊還響起了一把女鼠的聲音：「史提頓選手，你今天的狀態如何？是否已經迫不及待，要開始人生中最重要的一場**挑戰？**」

「我……」我目瞪口呆，什麼也說不出。

只聽對方壓低了聲音說：「邁克，你後期處理一下！這位**選手**好像有點怯場！」

「沒問題！」一把聲音在她身後響起回應說。

這時，光線逐漸減弱，我終於能看清楚眼前的狀況了。原來，在我家門口，站着一隻女鼠。她穿着鮮豔的粉紅色套裝，金髮披肩。她的臉上掛着燦爛的笑容，手爪裏則拿着一枝咪高峯，看上去像極了……

像誰來着？誰？？究竟是誰？？？

在她身後，有一隻男鼠正扛着一部大型**攝影機**。

這時，女鼠把咪高峯伸到了我面前，說：「這絕對是一個千載難逢、一生一次的機會！你實在是個幸運兒！請問，你有什麼話要告訴我們嗎？*是否早已心情激動呢？*」

我嘟囔着說：「為什麼會心情激動呀？」

那**女鼠**不禁笑了起來。她的笑聲很尖銳，簡直就是刺耳！

「嘻嘻嘻！史提頓選手，你真是幽默！別告訴我，你不知道自己已被選上參加老鼠島最有名的**電視節目**……」

我更加糊塗了，不禁問道：「什麼電視節目呀？」

「**誰在敲你的門？**」女鼠大聲回答道。

我還是一頭霧水：「什麼？不是你們敲了我的門嗎？我剛才還穿着睡衣呢……」

「嘻嘻嘻！『***誰在敲你的門？***』是節目名稱啦！而我，當然就是主持人蕾拉蕾拉·閒話鼠。不過，你也可以叫我蕾拉，嘻嘻嘻！」

「蕾拉蕾拉·閒話鼠？!」我不禁大叫，「難道你就是八卦專家碧希碧希·閒話鼠的雙

胞胎妹妹？！難怪我會覺得似曾相識呢……」

但**主持人**並沒有理會我，她正忙着指揮攝影師。

「**邁—克！！！**」只聽她大喊，「快跟上，快進去看看！」

「進去？你們要**進入**我家？」我不禁憂心忡忡。

你們猜對方是怎麼回答我的？只聽她提高聲量，呼叫說：「麗鼠先生，快來吧！」

話音剛落，她身邊就出現了一隻老鼠。也不知道是從哪兒冒出來的呢！這隻老鼠長着兩撇鬈曲的鬍鬚，打扮優雅。

原來是**麗鼠先生**，
妙鼠城裏最有名的
形象顧問。

他從頭到尾打量起我來，目光凌厲，說：「史提頓先生，你也太不修邊幅了吧……不過沒關係，我最**擅長**處理這種情況！」

我連鬍鬚都還沒來得及顫動，就發現自己已被他按在客廳的沙發上，肩膀上披着圍布，頭上則已經罩着一個鬈髮器。

「蕾拉小姐，你覺得哪一個比較適合他？*煥然一新，改頭換面，還是神奇魔法？*」他一邊問，一邊拿出了三個不同顏色的**旅行袋**，包括：綠色、黃色和紅色。

「讓我想想……膚色蠟黃，頭髮凌亂，眼圈發黑，鬍鬚耷拉，尾巴鬆垮……這種老土的形象，在我上幼稚園的時候就已經不流行了！」主持人回答道，「**明白我的意思嗎？**」

麗鼠先生會心一笑，朝她眨了眨眼，說：「好吧！*那就選紅色！*」

說完，他便在我面前打開了紅色旅行袋。

只見他從裏面拿出一堆瓶瓶罐罐，然後問我：「史提頓先生，你想做什麼顏色？烈焰玫紅？還是銀白？」

「我的天然髮色就很好啊……」我想表達自己的看法，卻只能擠出一絲微弱的聲音。

但他早有打算，自顧自說：「為什麼不大膽一些？我看**玫紅色**正適合你！啊！簡直是魅力四射！」

我都沒來得及阻止……**啪嗒！**他已經在我的耳朵尖上塗抹起一團玫紅色的**泥漿**。那味道可真難聞。

我連忙抓起一條毛巾，使勁地擦起耳朵，大聲抗議道：「不要，不要，不要！要把頭髮染成玫紅色，我連想也不敢想！」

只見麗鼠先生的鬍鬚因為生氣而瞬間塌了下來。我只好尷尬地說：「要是你願意，可不可以幫我挑選一下服裝呢？」

麗鼠先生聽罷立刻神氣起來。

「太好了，先生！我這就去看看你的衣櫥。你身上的這一套，我實在不敢恭維……」他一邊說，一邊嫌棄地瞥了一眼我的套裝，然後走上樓梯。

我打算跟在他後面。這時，我眼角的餘光瞥見邁克正在挪動我客廳的家具，然後再把他的大型攝影機放在一個三腳架上，還在各個角落安上了鎂光燈。

我正要問他在幹什麼，卻突然聽到麗鼠先生的笑聲從我卧室傳來：

「真是難以置信！我工作了一輩子，都從沒遇上過這樣的事：你的衣櫃裏居然只有綠色西裝和紅色領帶！」

「這就是我每日的日常着裝啊，」我解釋道。

他朝我笑笑，我卻心裏發慌。只聽他說：「沒關係。我們車上有一件閃閃發光的外套，簡直就是為你量身訂做。」

他朝我眨了眨眼，繼續興奮地說道：「你看你是多麼幸運，史提頓先生！」

*什麼什麼什麼？*說我**幸運?!**我只想悠閒地度過我生日這天的早晨……可是現在呢？一個電視攝製隊莫名其妙地闖入我家，而且他們所拍攝的節目我連名字都叫不出！面對這樣的**壓力**下，我的鬍鬚不禁亂顫起來……我真是受夠了啦！

# 史提頓選手，請做好準備！

我看着眼前的混亂景象，不知所措，只是傻愣愣地站在門口。這時，麗鼠先生喊道：「史提頓先生，我看你非常**焦慮**。我給你做一個全身按摩，*讓你放鬆、舒緩又減壓！*」

只是一眨眼的功夫，他就把我按上了一張小牀，還用擀麪杖在我背上推開一坨坨**臭哄哄**的軟膏。

等他終於折騰完，我也總算能下牀了。然而，我並沒有感到放鬆，竟感到渾身發癢。我真希望這只是我做的一場噩夢呀！就在這時，蕾拉蕾拉又出

現在我面前，手爪裏拿着一件閃閃發亮的衣服，說：「嘿嘿，史提頓選手！你還沒試過這個**新造型啊！**」

說完，她便和麗鼠先生一起，為我穿上了一套筆挺有型、閃閃發亮的西裝。

我剛要開口說話，卻被麗鼠先生搶在前頭：「等等，我還沒為你做**美容面膜！**」

只見他把一堆黏乎乎的東西塗在我的臉上。

我剛想抗議，他又喊道：「別動，史提頓先生！我還沒為你塗上髮蠟！別着急，一會兒你就會看到令人驚豔的髮型……」他邊說邊往我的**頭髮**上拚命塗上一種類似漿糊的東西。

咕吱吱！

「夠啦夠啦！」我不禁絕望地大喊，「誰能告訴我，在我生日這天，你們來我家到底是要幹什麼呀?!我又不是什麼電視明星！」

蕾拉蕾拉吱吱叫道：「你現在的確還不是！不過，只要我的節目播出，你就會成為妙鼠城家喻户曉的名字！到時候，你不知要在多少本自傳上簽名，不知有多少老鼠爭取和你拍照！還會有大量訪談等着你參加！這是我蕾拉蕾拉·閒話鼠説的！」

「我根本不想成為電視明星啊！」我嗶嗶大叫起來。

蕾拉蕾拉一臉難以置信，問道：「什麼？這世上會有誰不想成為明星？」

「我就不想！」我解釋道，「我只想好好慶祝我的生日！」

蕾拉蕾拉頓時語塞了。隨後，她突然爆發出一陣尖鋭的笑聲，説：

「嘻嘻嘻，你真是幽默，史提頓選手！」

隨後，她轉身對攝影師説道：「邁克，好好挖掘挖掘！比如來點搞笑的畫面？這位選手實在**風趣**……先是假裝不知道我們的節目，接着居然還假裝不想成名……」

「我根本沒有假裝！」我忍不住反駁説。

「沒關係……現在由我來向你解釋一下我們的節目拍攝流程。請問你到底準備好了嗎？」

我歎了口氣。唉，*簡直是對牛彈琴*。

她開始介紹節目流程。

「**1.** 選手在無人機發出的聲響中突然醒來……」

「這有些討厭，」我不禁説。

「**2.** 攝製組敲響大門，並進入選手的家，準備拍攝……」

「這非常討厭，」我咕噥着説。

「**3.** 我們的專家麗鼠先生為選手打造全新造型……」

「簡直討厭至極！」我大喊起來。

主持人彷彿沒聽見我說話似的，只是朝我微微一笑，笑得我心裏七上八下。她繼續說：「**4.** 遊戲即將開始。史提頓選手，請做好準備！你必須解答一連串謎語！」

「*什麼什麼?!* 謎語?!」我不禁問。

蕾拉蕾拉解釋道：「無人機將會投出三條線索，而參賽選手，必須猜出線索指向的是你的哪位家人或朋友。此時，神秘嘉賓會敲響大門。如果你回答正確，就能繼續參賽，聽嘉賓為你講故事，否則……」

「否則……？」我突然有種不祥的預感。

蕾拉蕾拉露出了壞笑：「否則……

就會遭受超級大懲罰！！！」

*呃啊啊！*超級大懲罰？真可怕啊……

「這是什麼意思呀？」我不禁問。

「嘻嘻嘻！到時候你就會知道了……」

*什麼什麼什麼？*我還是完全不明白啊！但我還沒來得及繼續提問，那架無人機就已經嗡嗡飛到我身邊，不偏不倚，停在我的臉前。

突然之間，我家客廳漆黑一片（*是誰拉上了窗簾，關上了燈呀？!*）。接着，**無人機**開始盤旋，而且越轉越快。

它像個陀螺一樣在空中一邊旋轉，一邊開始投射出**彩虹般**的光束。

因為目光緊盯着它，我的腦袋也開始

當我快暈過去時，無人機突然停了下來，在客廳的牆上投射出一些**影像**。

TOP TV

線索1
鼠民公報
線索2
誰在敲你的門？
請閱讀以下謎語：
這是一位卓越的
人物，具有非凡的
領導才能……
線索3

## 史提頓選手，請做好準備！

我傻傻注視着牆壁上的影像，一頭霧水。答案究竟是什麼呢？偏偏就在這時……

**叮咚！叮咚！**

「史提頓選手，你的門鈴響了，*你到底想不想知道這究竟是誰？*快猜猜吧！」

我得好好想想！一張報紙……領導……這說的肯定是某份報紙的總編輯。

但最下面的**巧克力糖**又代表什麼呢？我仔細思索了一番，想起確實有一隻老鼠十分喜愛巧克力……

我嘗試說出答案：「也許是莎莉·尖刻鼠，*《老鼠日報》的總編輯*……」

*「你肯定嗎？」*蕾拉蕾拉問。

我不禁直冒冷汗：「呃……不肯定……」

主持人聳了聳肩膀：「時間到了！**現在就讓我們打開大門！**」

## 史提頓選手，請做好準備！

啊！不會吧！居然第一題就答錯了！

在門後出現的，居然是我的**爺爺馬克斯**……他看起來可一點兒也不高興！

「呃……你好啊，爺爺……」

我還來不及說下去，蕾拉蕾拉就已經發出一聲大喊。她的叫聲很尖銳，非常刺耳：

**「超級大懲罰罰罰罰罰罰罰！」**

只見那架無人機飛到我頭頂上方，澆下一坨黏乎乎的液體！

呃，真噁心！這是什麼呀？!

蕾拉蕾拉回答道：「由於你回答錯誤，此次懲罰是一**桶**乳酪忌廉！」

此時的我，已被淋得渾身濕透。

我拿出一條手帕，想把全身好好擦上一遍，但根本沒用：無論是我的鬍鬚、毛皮，還是閃閃發亮的外套和褲子上，全都沾滿了乳酪色的污漬！

史提頓

## 史提頓選手，請做好準備！

「別擔心，史提頓先生，」麗鼠先生在我耳邊小聲說道，「最多半個小時，**乳酪忌廉**就會變乾，然後從你身上脫落！」

*什麼什麼什麼？*半個小時？！我就像塊陳年乳酪那樣散發着**臭氣**，一分鐘都不能忍！可是眼下，還有一件更麻煩的事呢……

**「孫兒！你還是這麼不可救藥！**

這麼簡單的謎語，只有宇宙級的大笨蛋才會猜錯！更過分的是，你居然會把我和那個差勁的莎莉．尖刻鼠混為一談！」爺爺一邊揪了揪我的耳朵，一邊批評說。

我抓了抓腦袋，一臉茫然，說：「我根本不知道你喜歡吃巧克力糖啊……」

「什麼？！這是我的最愛！我甚至還在書桌抽屜裏**私藏**了很多巧克力糖！」爺爺不禁對我大吼道。

他突然又漲紅着臉，在我耳邊悄悄說道：「不過……咳……你可千萬別告訴我的管家天娜！」

這時，蕾拉蕾拉插話說：「好了好了，我們繼續！剛才的懲罰片段很好，不過我們要立刻進入下一環節。邁克！快把鏡頭對準沙發上的**選手**和第一位嘉賓。

**馬克斯先生，現在，你可以開始講述你的故事了！」**

# 馬克斯．坦克鼠

《鼠民公報》的創始者，也是謝利連摩．史提頓的爺爺。

他有一身銀毛皮，眉毛濃密，總是戴着一副迷你老花眼鏡。

他熱愛運動，身姿矯健，喜歡開着乳酪色的大型旅行車，跟家鼠一起旅行。

他的衣着優雅經典，無可挑剔。

他的聲音渾厚低沉，能夠滔滔不絕好幾小時！

他天不怕地不怕，除了……他的管家天娜．辣尾鼠，因為天娜總會逼他節食。

他目光敏鋭，一言九鼎，將《鼠民公報》的總編輯之位託付給謝利連摩。

#馬克斯爺爺

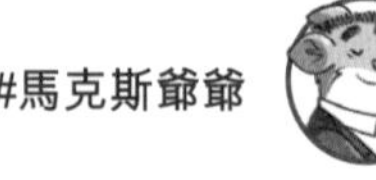

# 糟糕！極其糟糕的一天！

至今我都清楚地記得那極其糟糕的一天！

我太了解謝利連摩了。他一定早就忘記得一乾二淨，我卻記得一清二楚！

那天早上，作為《鼠民公報》的總編輯的**我——馬克斯·坦克鼠**準備退休，並將總編輯之位傳給我的大笨蛋孫子（*也就是謝利連摩*）。

雖然他還只是新手……而且對怎麼經營一家**報社**一無所知，**我**還是打定主意，選他作為我的接班人。

他剛接手，就要準備出版新一期的報紙。我當然不會眼睜睜看着他弄砸！我早就想好了一切，準備嚴格按照計劃行事！

## 糟糕！極其糟糕的一天！

我將**鬧鐘**設定在五時。起牀時，天色還未亮（*真正的史提頓家族成員都知道：一日之計在於晨！*）。

那天的早餐是天娜親手烹飪的雙份千層麪，配上三份乳酪（*真正的史提頓家族成員都需要豐富的營養！*）。

吃完早餐，我**步履輕快**朝我的報社進發（*真正的史提頓家族成員絕對身姿矯健！*）。

六時正時，我已抵達報社了。

一進大樓我就高喊：「現在什麼時候了？做新聞就得趕時間！都準備好了嗎？工作，工作，快工作！」

但是，誰也沒回應我。

整幢大樓空無一鼠，死氣沉沉，鴉雀無聲。

「**都給我去哪兒啦?!**」我不禁大吼起來。

「*啦*……*啦*……*啦*……」只聽我的聲音迴響在空蕩蕩的走道裏。

**「謝利連摩你這塊里考塔乳酪，快給我出來！」**

我又喊道。

「*來*……*來*……*來*……」我聽見的，又是自己的回聲。

幸好這時，我親愛的孫女菲從辦公室探出了頭來，她的脖子上掛着一部相機。她向我問好：「**早安！**」

我問她：「為什麼只有你一個？其他鼠呢？都給我上哪兒去了？尤其是你那個不爭氣的哥哥！」

菲回答說：「爺爺，現在還早呢。總編輯讓大家八時上班。我剛**報道**完一則新聞……至於總編輯，正在那兒工作！」

我連忙衝向我的辦公室（*它永遠都屬於我。只要我願意，隨時可以拿回*），一邊大喊：「謝利連摩！**報紙可以出版了嗎？**你做完所有採訪了嗎？你仔細挑選所有照片了嗎？這期報紙必須達到最高標準，否則全體鼠民一定以為：現在是塊斯加摩蘇乳酪在做總編輯！！！」

謝利連摩正坐在書桌前。

你們猜猜他在做什麼？

打電話給印刷間，確保印刷按時完成？**不！**

聯絡車隊，確保報紙準時送達老鼠島上的所有報亭？**當然也不是！**

開始安排新一期報紙的編輯工作？**哼，連想都沒想過！**

他正優哉遊哉地坐在我的書桌前，「吱嘎吱嘎」咀嚼着我珍藏的乳酪味餅乾，津津有味地品嘗着我的塔列吉歐乳酪特飲……

我立刻怒吼：「**我就知道你這麼不爭氣！**第一，書桌是用來工作的，不是吃東西的！第二，餅乾是用來招待客人的，不是給你吃的！第三，塔列吉歐乳酪特飲是在下班前喝的……不對，你連喝都不許喝！你得給我**工——作！**」

我的吼聲很大，把他嚇得從座位上彈了起來。他不僅把餅乾屑撒在文件上，還打翻了塔列吉歐乳酪特飲。

「爺爺，早安！」他一邊跟我打招呼，一邊發現自己闖了大禍。

「啊，完蛋了！我把菲的報道全毀了！」

「孫兒啊，不過五分鐘的時間，你就已經闖了個**大禍！**照這麼下去，我的畢生心血一定會毀在你的手裏！」

謝利連摩開始辯解：「可是爺爺，我從昨天就……」

我立刻打斷了他：「與其在這裏浪費時間，為什麼不出去挖掘**獨家新聞？**你是『總編輯』，必須名副其實！」

這時，我突然有了一個想法：也許我還能做些什麼，力挽狂瀾，出版一期像樣的報紙！

我對他說道：「先從基礎開始吧！快跟我來。**工作，工作，快工作！**」

説着，我便把他拖出**我的**辦公室，拉下

樓梯，朝着**我的**印刷間衝去。

維斯托·明眼鼠負責印刷間的工作。他精通業務，就算是面對笨蛋中的**笨蛋**，也一定能把問題解釋清楚！

只見他精神飽滿，向我們致意。我對他說：「我孫兒剛來，對總編輯的職責仍一竅不通。他十分鐘前剛開始工作，你能跟他說說**輪轉印刷機**的工作原理嗎？」

謝利連摩卻急叫起來：「謝謝，爺爺，可我早就知道了！對了，維斯托，我昨晚發給你的傳單，你已經印出來了嗎？」

「這是當然！」只見他捧起一個**巨大**的箱子。

我的大笨蛋孫兒接過箱子，搖搖晃晃，踉踉蹌蹌，然後……噗咚！他應聲絆倒在一卷紙上，還差一點撞在印刷機上！

我連忙抓了他一把。只差那麼一點點，他就要捲入印刷機裏。但是，現在的情況也沒好到哪兒去：他的身上已經**濺滿**了墨水，而且毀掉了好幾米紙張！

我不禁用手爪抓起頭髮，大喊：「謝利連摩！我的畢生心血一定會毀在你的手裏！算了算了，還是給我回辦公室去！」

這時，我還抱有一線希望，讓我的助手托佩拉向謝利連摩詳細地逐一解釋整個編輯部如何**運作**。這時她應該到了吧！

果然，她已經在自己的辦公室了。

「早安，總……呃，兩位總編輯！」她說完，目光便落在我的孫兒身上：「史提頓先生，你怎麼了？一身污漬，臉色蒼白！」

謝利連摩想要解釋說：「是這樣的，從昨晚我就一直在這兒……」

「廢話少說！」我忍不住吼道，「你要真想學習，做出一份像樣的報紙，就好好聽聽托佩拉的建議！她有自己的一套方法，能夠妥善安排編輯部所有員工的工作……」

托佩拉開始滔滔不絕地介紹當天的工作：

「九時，和特別服務部見面。
九時十五分，和攝影師見面。
九時三十分，編輯部例會。
十……」

「謝謝，但是我早就知道了！」謝利連摩打斷了她，「這些安排都是我定的。」

我直搖起頭，說：「沒想到你不僅蠢鈍不堪，還自命不凡！毫無疑問，毋庸置疑，我的畢生心血一定會**毀**在你的手裏！今天的《**鼠民公報**》沒法子出版發行了！」

「*什麼什麼什麼?!*」他大吃一驚，「可是爺爺，我已經準備了……」

我突然覺得頭痛欲裂，不想聽他任何解釋。於是，我便前往倉庫，想獨自靜靜。

也許是因為清晨五點的鬧鐘，或是因為千層麪，又或是因為謝利連摩一次次把我氣得不輕……我居然**睡着了**。

當我再次醒來時，已是數小時之後。整個編輯部鼠來鼠往，一片忙碌。

啊，看見**我的**報社如此朝氣蓬勃，我真是甚感欣慰……可惜，謝利連摩一事無成。今天的《鼠民公報》一定「開天窗」，我們一定會在整座老鼠島上丟盡臉面！

「早安，馬克斯先生！」我的一位元老記者向我問好，「我們的新總編輯特別出色！為

了我們的報社，他拚命工作，**通宵達旦！**」

他身邊的一名排版師也點頭說道：「你有沒有看過這期《**鼠民公報**》的精美宣傳單？這全是他精心設計的成果！」

什麼？我沒有聽錯吧？

這時，菲又從我身邊經過說：「爺爺，你看過**最新一期**的報紙嗎？實在太有趣啦！總編輯改寫了我的文章，比我的原稿好多啦！」

「你們到底在說什麼？」我一頭霧水，終於忍不住問道。

這時，**托佩拉**朝我做了個手勢：「噓！馬克斯先生，你小聲一點。你的孫兒正在休息……」

最後，還是菲把全部經過告訴了我：「昨晚謝利連摩沒有回家。他整夜都在準

備今天的報紙！這新一期有各種獨家新聞和**奇聞逸事**。他想讓讀者知道《鼠民公報》只會比以前更好！」

這時，主編把一份當天的報紙拿到我面前。我頓時啞口無言……居然還不錯！

我踮起腳尖，悄悄走進**我的**辦公室。只見*謝利連摩*正趴在書桌上，呼呼大睡！

要是以前，我一定會把他喊醒，可是這一次，我卻忍住了。我不得不承認，*他真是做得很好！*

我在他身旁放了半塊餅乾作為獎勵，還有兩包塔列吉歐乳酪特飲。

話說，誰能想到呢！我的孫兒啊，一旦認真起來，還真能成為一名優秀的總編輯。

不過，趁他還沒恢復傻樣之前，我還是讓大家看看我給他準備的**生日禮物**。這樣，他就能堅持磨練自己的心智了！

# 給我孫兒的生日禮物

## 馬克斯爺爺的謎語

1. 我有三條生命：我很溫柔，能夠輕撫皮膚；我很輕盈，能夠掠過天空；我很堅硬，能夠擊碎岩石。（猜一自然現象）

2. 誰都能打開我，但誰也不能將我合上。（猜一食品）

3. 我有腿，卻不走路。我有背，卻不工作。我有強壯的手臂，卻不舉任何東西。我有坐的地方，卻從不坐下。（猜一物）

4. 我不用說話，不用現身，不用製造恐怖，就能讓大家顫抖。（猜一自然現象）

5. 我總是排行老二。字母表裏有一個，讀起來像是一個字母，寫起來可以是三個字母。（猜一字）

6. 我稍縱即逝，但在我之後，隆隆聲響又長又悶。（猜一自然現象）

7. 我是矮胖子，綠衣綠帽子，敞開大肚子，專吃紙片子。（猜一物）

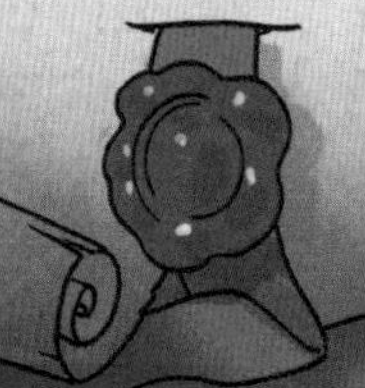

答案：

1.水的三種形態：氣態、液態和固態；2.蛋；3.椅子；4.寒冷；5.英文字母B(bee)；6.閃電；7.郵筒

# 一條新線索……

爺爺朝我微微一笑，我呢，早已熱淚盈眶。蕾拉蕾拉讚歎不已：「馬克斯先生，你說得太好了！」

這真是一則美好的故事。爺爺居然把我第一天擔任總編輯的細節記得如此清晰，還這麼喜歡那一期的《鼠民公報》！這真是太讓我感動啦！還有，他的禮物，簡直不同凡響！他真是個天才，居然能想出這些絕妙的謎語！

我剛抱住他，想要感謝他，蕾拉蕾拉就大喊道：「邁克！馬上進入第二位神秘嘉賓的環節！史提頓選手，你到底想不想知道線索？」

線索1
線索2
線索3

## 一條新線索……

蕾拉蕾拉催促我說：「快點，你的時間不多啦！答案究竟是什麼？加油啊，快猜！」

我再一次看了看無人機投射在牆上的圖片，認真思索起來：「最上面是兩顆乳酪色的小愛心……應該說，是**乾酪做的小愛心！**接着……那應該是所學校吧。沒錯，是妙鼠城小學……至於最後這條線索……那不就是我嘛！長着一對心形眼睛！咕吱吱！我明白啦！這可真簡單！」

**「時間快到了，史提頓選手！」**

蕾拉蕾拉再次催促，「要是你再不作答，就必須接受超級大懲罰！你到底準備好回答了嗎？」

*以一千塊莫澤雷勒乳酪的名義發誓*，我再也不要接受什麼**超級大懲罰**了！

於是，我趕緊說道：「是不是我的姪子班哲文和他的好朋友翠兒？」

## 一絛新線索……

「太好了，啫喱叔叔！**你猜對啦！**」兩個孩子衝到我跟前，一把抱住了我。

「啊哈，這個太簡單了啦！」我也張開雙臂，抱住了他們。

「邁克，快來拍人物特寫！」蕾拉蕾拉命令道，「這樣溫馨的家庭場景，**觀眾**最容易感動！」

我說的沒錯吧！！

接着，她又轉向我：「我說的沒錯吧！史提頓選手，你的狀態極佳！不過現在請大家一起坐到沙發上！我們要切換鏡頭，開始故事部分……孩子們，快！坐到馬克斯爺爺身旁，開始**講述**你們的故事！」

史提頓

# 班哲文・史提頓
# 翠兒

謝利連摩的姪子和他的好朋友。

他們熱愛旅行，喜歡跟謝利連摩和史提頓家族一起參加刺激的探險。

翠兒性格活潑，喜歡講笑話，還有設計！

班哲文性格靦腆，喜愛電腦科學。他很像謝利連摩，而且還是謝利連摩第一個也是最忠誠的書迷。

他們今年9歲，是同班同學，更是要好的朋友！

班哲文的夢想是像謝利連摩叔叔一樣，成為一名記者。

翠兒喜歡跟賴皮一起捉弄謝利連摩！

#班哲文和翠兒

# 英雄鼠揚威大瀑布

謝利連摩叔叔真的很厲害……啊不，是聰明……啊不，簡直是不同凡響！

在我們第一次春季旅遊的時候，他就已經顯示出了強大的本領呢！對啦！那次的目的地是……尼亞加拉瀑布！

一切都要從那天早上說起。那天，啫喱叔叔送我們上學，並進行觀課。

當時，我們的班主任托比蒂拉老師剛在黑板上寫下目的地——尼亞加拉，然後問啫喱叔叔願不願意**加入**我們。

就在這時，我們的朋友特里普絆了叔叔一腳。叔叔摔倒地上，連珍貴的眼鏡也飛遠了！

沒了眼鏡，啫喱叔叔就連一塊乳酪都看不見。他還以為黑板上寫的是《鼠民公報》呢。於是，他想也沒想就答應了……

後來，他終於找回了眼鏡，卻發現黑板上寫的並不是他的報社。那時他已經無法拒絕，只好和我們一起坐飛機去**加拿大**，參觀世界上最有名的瀑布！

在那次旅行的時候，發生了各種各樣的事情呢！不過，最神奇……啊不，最不同凡響的事，還是叔叔和我們的同學特里普成為了**好朋友**。沒錯，就是那個絆倒他的同學！

其實特里普一點也不壞，但他是個頑皮的搗蛋鬼。他最擅長的就是開玩笑和惡作劇。他和翠兒總愛想些新的花樣。

你們知道他倆的口頭禪是什麼嗎？

## 「翠兒加上特里普，設好陷阱等你來！」

一路上，特里普都把叔叔當作目標，不停**捉弄**他。我還記得，第一晚露營的時候，有一隻臭鼬悄悄鑽進了叔叔的帳篷！嘔！！！臭鼬這種動物在自衛的時候會噴出一種氣體……啊呀呀，簡直**臭氣熏天**呀！！！

當時，叔叔身上的味道就像是……過期的塔列吉歐乳酪香水！可是，這和我們去參觀瀑布那天特里普為他準備的玩笑相比，根本就不算什麼啦……

當時，我們正排隊登船。我卻看到特里普在河邊走來走去……像在**找什麼**。

我立刻明白過來：特里普一定是在想什麼壞主意。於是，我就來到了他身邊。

「我剛才看見幾隻青蛙，」他在我耳邊悄悄説道，「我得抓一隻！」

「但是……我們明明是來參觀瀑布的，你要青蛙做什麼呀？」我吃驚地問。

「當然是悄悄放到你叔叔的口袋裏啦！」他一臉壞笑着説。

「**什麼什麼什麼？**」我不禁大喊，「可憐的啫喱叔叔……他一定會受到驚嚇！」

「這才有意思嘛！你想想，這會多好玩呀！」他邊笑邊説。

「**不行不行，我不同意……**」

但特里普卻打定了主意，説：「我向你保證，誰也不會受到傷害，無論是你叔叔還是青蛙！哎呀，別掃興嘛！」

我正要反駁，就在這時，老師叫大家集合

了。在登船前，她得先點名。

片刻之後，我們的觀光船就出發了。尼亞加拉瀑布真壯觀啊！水流從**懸崖**上奔騰而下，聲音震耳欲聾，還濺起了晶瑩的水花。

天空中居然出現了兩道**彩虹**呢！

我看着眼前的景象，早就把特里普的計劃忘得一乾二淨。

當觀光船調頭回航時，我看到啫喱叔叔和托比蒂拉老師在點算小老鼠的數目……

「數目不對！」老師突然尖叫說。

「**少了一隻小老鼠！**」叔叔大喊。

我瞥了眼岸邊，立刻明白過來：那個特里普搗蛋鬼，居然為了抓青蛙，錯過了觀光船！

此刻，他正站在一塊大石頭上，揮舞着手臂，想讓大家看見！

啫喱叔叔立刻喊道：「特里普，這太**危險**啦！你站在那兒別動！我們來接你！」

可是，瀑布的轟隆聲實在太大了啦，特里普根本聽不見叔叔的話。偏偏就在這時，他腳下一滑……掉進水裏去！！！

「**啊，不！**」老師不禁急叫起來。

「水冰冷刺骨！」我也忍不住喊道。

「而且全是旋渦！」翠兒又尖叫起來。

你們一定知道，啫喱叔叔有時真的很像個膽小

鬼！但每到危急關頭，他卻從不退縮！

他想也沒想，就「撲通」一聲**跳**進了水裏！我們個個緊張得不敢呼吸。只見一個**巨浪**打來，叔叔頓時消失不見了（*太可怕了啦！*）……幸好很快，他又重新浮出水面，還從鼻孔裏噴出兩條水柱……但是接着，他又消失了（*啊！！！*）……當最後再次出現時，他已經抓住了特里普的手爪。特里普雖然受了不小的驚嚇，總算是得救了呢！



看到這番情形，船長立刻拋出了**救生圈**。沒過多久，他們兩個都上了船！

啫喱叔叔和特里普就像兩隻「**落湯雞**」一樣！不過，很快就有好心鼠民為他們披上了毯子，還送上了熱騰騰的花茶……

怎料叔叔居然不小心把茶倒翻在了自己的手爪上（*因為他再一次弄丟了眼鏡！*）！

特里普一把抱住了他：「謝謝你，謝利連摩！你是真正的大英雄……**要不是你，我早就沒命了！**想想我以前對你開過的那些玩笑……還有我的惡作劇……真的很過分！」

「不用放在心上！從今以後，我們就是好朋友了，對吧？」叔叔笑着說道。

同學們個個流露出**崇拜**的眼神，他們也發現了謝利連摩叔叔是多麼的不同凡響！

所以，今天我和翠兒來到這裏，就是想代表我們這班同學為叔叔送上禮物，希望他能再次露出燦爛的笑容，就和我們那次一起春季旅遊時一樣！

想了解更多上述故事，請參看《老鼠記者48 英雄鼠揚威大瀑布》。

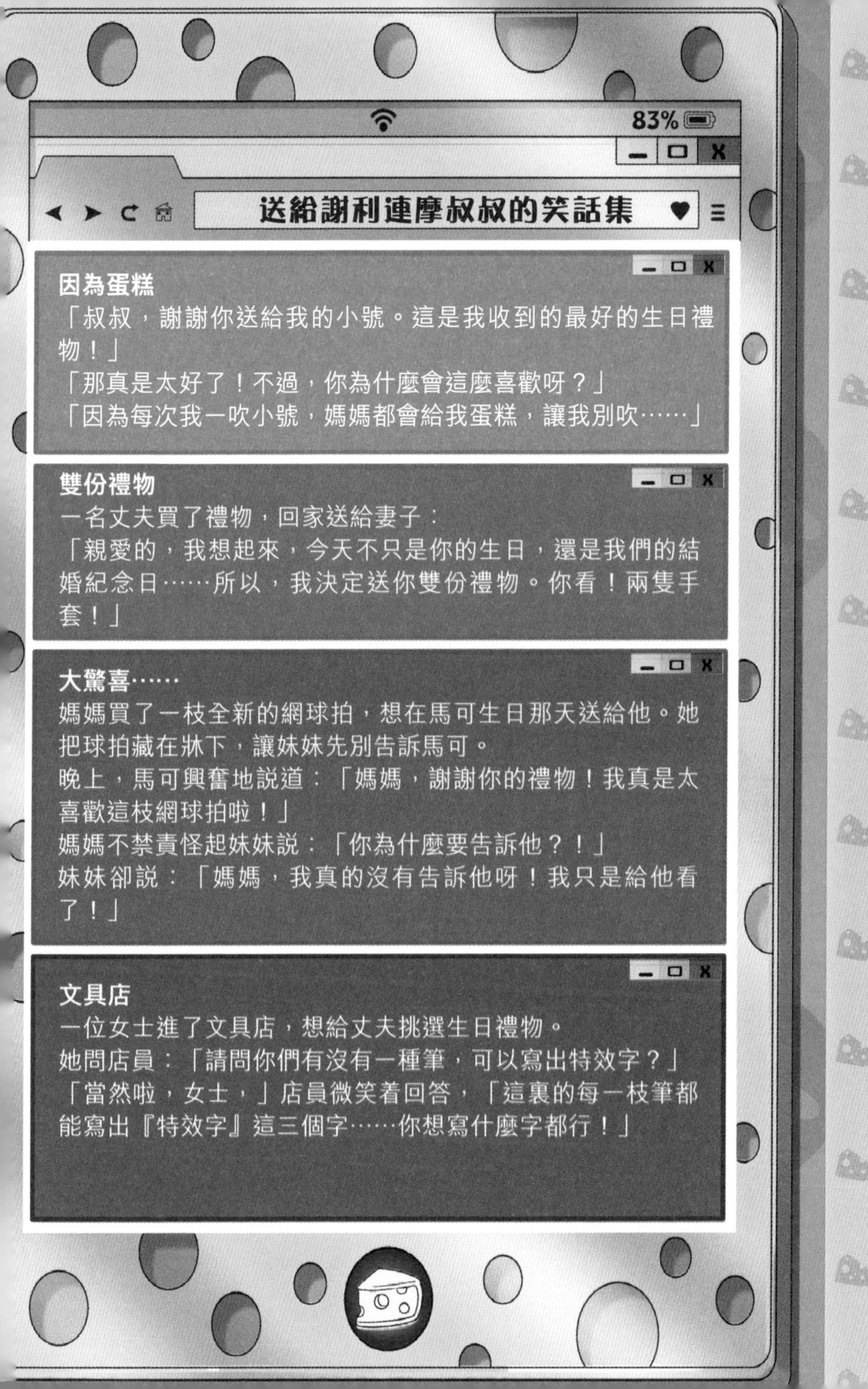


**因為蛋糕**

「叔叔，謝謝你送給我的小號。這是我收到的最好的生日禮物！」

「那真是太好了！不過，你為什麼會這麼喜歡呀？」

「因為每次我一吹小號，媽媽都會給我蛋糕，讓我別吹……」

**雙份禮物**

一名丈夫買了禮物，回家送給妻子：

「親愛的，我想起來，今天不只是你的生日，還是我們的結婚紀念日……所以，我決定送你雙份禮物。你看！兩隻手套！」

**大驚喜……**

媽媽買了一枝全新的網球拍，想在馬可生日那天送給他。她把球拍藏在牀下，讓妹妹先別告訴馬可。

晚上，馬可興奮地說道：「媽媽，謝謝你的禮物！我真是太喜歡這枝網球拍啦！」

媽媽不禁責怪起妹妹說：「你為什麼要告訴他？！」

妹妹卻說：「媽媽，我真的沒有告訴他呀！我只是給他看了！」

**文具店**

一位女士進了文具店，想給丈夫挑選生日禮物。

她問店員：「請問你們有沒有一種筆，可以寫出特效字？」

「當然啦，女士，」店員微笑着回答，「這裏的每一枝筆都能寫出『特效字』這三個字……你想寫什麼字都行！」

# 怎麼都是黃色的呀？

這段回憶讓我感動不已。這兩個孩子真是兩顆**乾酪做的小愛心！**

我不禁激動地抱住他們，說：「寶貝們，我太愛你們啦！」

「啫喱叔叔，我們也愛你！」他倆一邊異口同聲地回答，一邊也緊緊抱住了我。

「邁克！快，特寫**擁抱**！」蕾拉蕾拉大喊。

「觀眾們一定會感動落淚。我要的就是連續劇《**愛意纏綿**》最後一集那樣的效果！」

隨後，她拿起咪高峯，吱吱叫道：「*第三位嘉賓即將登場*，史提頓選手，你到底準備好了嗎？」

線索1
線索2
線索3

## 怎麼都是黃色的呀？

話音剛落，無人機就投射出三條新的線索影像……

「就讓我們一起期待第三位**神秘嘉賓**……」她又說道。

我看着牆上的線索，專注思考……

嗯……一根香蕉、一件黃色的風衣，還有一枚放大鏡……這似乎易如反掌！

就在這時，有誰按響了門鈴……

**叮咚！叮咚！**

「*史提頓選手*，你到底有沒有聽見？」

「我聽見啦！而且，我已經知道他是誰啦！」我得意地笑道。

蕾拉蕾拉也興奮起來：「那你覺得，第三位嘉賓會是……」

「我的好朋友史奎克·愛管閒事鼠！」我高聲喊道。

「那就讓我們打開大門，看看你到底是猜對了，還是得接受**超級大懲罰！**」蕾拉蕾拉的表情神秘莫測。

**「吼吼吼吼吼吼！」**

我的偵探朋友一邊笑着，一邊從我家門口探出了腦袋。「你猜對了這個小謎語呢！史提頓，你真是做得好！」

啊哈，我真為自己感到驕傲呢！我又猜對了一位**嘉賓！**照這麼下去，我一定能堅持到底（*而且還能躲過可怕的超級大懲罰！*）

蕾拉蕾拉喊道：「快進來吧，親愛的**愛管閒事鼠先生！**史提頓選手已經迫不及待地想知道，你準備向他講述什麼故事！」

史提頓

## 史奎克・愛管閒事鼠

妙鼠城最有名的偵探，也是謝利連摩自小一起長大的好友。

他總穿着一件黃色風衣，裏面有非常多口袋，裝有五花八門的工具。

他的毛皮是煙灰色的，有點哨牙，鬍鬚總是閃閃發亮。

他愛上了菲・史提頓，總是想方設法讓謝利連摩替他多多美言。

他最喜歡吃香蕉。在他看來，香蕉能治癒一切，無論感冒還是疹子！

愛管閒事鼠和謝利連摩從小認識，感情深厚。

為了破案，他總會喬裝假扮各種身分。每次看到謝利連摩目瞪口呆的反應，他都會歡天喜地。

#史奎克 • 愛管閒事鼠

# 怪味火山的秘密

那天早上，一場**暴風雪**突然來襲。妙鼠城的上空，頓時雪花飛舞。

城中變得白茫茫一片，彷彿一塊小莫澤雷勒乳酪。風颼得很猛烈，誰要是被吹到，肯定會被嚇呆。我看了看溫度計……

*以一千根小香蕉的名義發誓！*氣溫居然下降至零下三十度了！

我在辦公室裏來回踱步，心想：這個不尋常的情況背後一定隱藏着什麼秘密……

**到底是什麼？？？什麼？？？**

我瞥了一眼日曆，突然意識到……這天是**7月15日**！

明明是盛夏呀！這樣的天氣，真是非常不尋常！

就在這時……**哐噹！！！**

門口傳來一記小響聲。

原來，是我的好朋友小謝利連摩！他觸發了我的**防盜**裝置，小腦袋已被水淋得濕透！

真不幸，因為天氣極為寒冷，他身上的水瞬間結成了小**冰塊**。片刻之後，他爺爺——馬克斯·坦克鼠也來了。

「*所以，我能幫你們什麼？*」我問道。

「昨天你說會有一場大雪降臨……」小謝利連摩終於回過神來，「對不起，當時我覺得這也太奇怪了，所以就沒有相信你的話！」

「*呀吼呀吼呀吼，沒錯！*」我說。平時我喜歡研究無線電，而就在前一天，我截聽到一條奇怪的**信息**：

*一切就緒，準備秘密進行*

*「鼠工造雪」計劃！*

*我們要使整個老鼠島癱瘓！*

「所以，這場大雪並不是自然現象嗎？」小謝利連摩不禁問。

馬克斯爺爺用標誌性的低沉聲音說道：「一定是卑鄙無恥的穆教授。那隻奸詐的老鼠，多年來一直覬覦妙鼠城。但我們絕不會讓他得逞的。**我說的對不對，孩子們？！**」

「當然對啦！」我一邊大喊，一邊已經拉起小謝利連摩的手爪，將他拖到了馬克斯爺爺的家裏。我們抵達時，**舊衛隊的武士們**已經全部到齊。這是一個扶危濟困的小組織！

他們中有**安倍．伏特**——老鼠島上最有聲望的科學家。有關那場奇怪的暴風雪，他已經發現了兩個重點……

「首先，我用顯微鏡仔細觀察了雪花，」伏特教授說道，「它們全都一模一樣。這就是奇怪之處。在大自然裏，根本不存在兩片完全相同的雪花！所以，這些都是由同一片雪花**複製**出來的！另外，大雪呈螺旋狀擴散，而中心只有一個……快看這兒！」

伏特教授邊說邊指向老鼠島地圖上的一個小點。那是黑暗臭谷。著名的就坐落在那裏。

「*以一千根小香蕉的名義發誓*，難道大雪就是從那而來？」我不禁尖叫說。

馬克斯爺爺點了點頭：「說得沒錯！你還真是個機靈的傢伙！我

們認為，有一台**造雪機**安裝在火山口。不過，教授剛發明出一種**雷射鏡**，能夠反射陽光，產生超強雷射光線，將那台造雪機徹底融化成絲塔拉奇諾乳酪！現在你們有一個重要任務：由你和我孫兒一起把它裝上火山口。」

「嘩啊，太神奇了！」我忍不住驚呼，「馬克斯先生，你放心吧！我們一定會搗爛那台小機器！這種**任務**，就該交給史奎克·愛管閒事鼠和他的搭檔小謝利連摩！」

我的朋友小謝利連摩卻變得臉色慘白，如同小莫澤雷勒乳酪一般。「我可不確定自己能完成……」他吱吱叫道。

我們哪裏還有時間磨牙*！

* 在史奎克的字典裏，「磨牙」的意思是磨蹭。

就這樣，我們開始了一場小冒險……**呀吼呀吼呀吼**，那場冒險，我真是一生難忘！

**首先**，我們踩着滑板車（*這種工具既經濟又環保！*）前往火山口，把在雪坡上跟蹤我們的穆教授手下遠遠甩在後面……

**其次**，小謝利連摩這個笨蛋把那面超級鏡子摔了一地（*你們相信嗎？它居然從我剛剛啃完點剩下的小香蕉皮上滑了出去！*）不過，誰讓我是個**天才**呢？沒幾下功夫，我就用強力透明膠帶將鏡子重新拼在一起！

**最後**，我們騎了三天三夜（*我的搭檔不停哼哼**）*，終於到達火山山頂，將鏡子裝了上去……它真的有用！和伏特教授預測的一模一樣，雷射光一射到小火山口，暴風雪就立刻停止了！

*在史奎克的字典裏，「哼哼」的意思是抱怨。

小任務已經完成⋯⋯不過，我們還得抓到穆教授才行！

不久，我們發現了一扇小**暗門**，成功潛入穆教授在怪味火山裏的秘密小基地。

當時，**穆教授**正在仔細研究那台不再運作的造雪機。他穿着一件白襯衫，小眼鏡的鏡片就和香蕉片一樣厚！看見自己的發明已經融化成烤箱裏的小莫澤雷勒乳酪，他一點兒也不高興！

在他身旁還有他的女兒**穆愛塔**。她的皮膚潔白如雪，雙眼碧藍清澈，**聲音**甜美柔和⋯⋯她是這樣美麗⋯⋯這樣迷人⋯⋯這樣⋯⋯

ZZZZZZZZZZZZZZZZZZZZZZZZZZZZZZZZZZZZZZ

咕吱吱！當我恢復神智時，小謝利連摩居然告訴我，剛才穆愛塔用她甜美悅耳的聲音對我進行了**催眠**……我已經把一切和盤托出！

我不僅告訴了她我和小謝利連摩沿途甩掉的壞鼠，還說出了伏特教授的雷射鏡和我們的任務……

小謝利連摩卻沒有上當：他撕下了帽子上的兩片**發泡膠**塞住了耳朵！

沒想到他還有點小聰明呢！

總之，就當小謝利連摩準備剁開*穆教授和穆萊塔的真面目時，整個秘密實驗室突然開始**搖晃**……**震動**……**顫抖**！！！

那些臭老鼠在小火山上鑽滿了各種小洞，此刻它就要崩塌！呃啊，這下完蕉**了啦！

*在史奎克的字典裏，「剁開」的意思是揭露。

** 在史奎克的字典裏，「完蕉」的意思是完蛋。

此時，壞蛋們已經搭乘他們的超級巨型大鑽頭裝甲車逃跑，而我和謝利連摩呢，則回到了**火山**山頂。這時，我突然有了個小主意：我們可以用伏特教授的雷射鏡脫身：把它當作**滑板**就好了！

就這樣，我們成功下了山。一開始，小謝利連摩還面如蕉色*，不過當看見積雪已經全部**融化**，他也終於鬆了一口氣。當然啦，當時是七月的時分呢！

*在史奎克的字典裏，「面如蕉色」的意思是驚魂未定。

*以一千根小香蕉的名義發誓*，那是小謝利連摩第一次幫我破案。於是，我們剛一回家，我就立刻向他提議，成立一家屬於我們自己的偵探社，名字就叫：**史提頓與史奎克**。

他卻拒絕了我，說自己更喜歡做記者。沒關係，反正遲早我都會説服他。到時候，我們就會成為……*偵探界精英！*

不管怎樣，他都是我從小到大**最好的朋友！**

所以，今天我給他帶來了一份小禮物。哪天他要是改變了主意，同意成為我的合夥鼠，就一定能用上！

想了解更多上述故事，請參看《老鼠記者36 怪味火山的秘密》。

# 吹着鬍鬚都找不到的好偵探指南

1. 你必須讓眼球跳動！我的意思是，必須注意細節！擁有敏銳的觀察力，這是破解每一宗小案件的基本要求！

2. 你還必須豎起耳朵！我的意思是，必須仔細聽小老鼠們都說些什麼，因為每一個字都可能成為重大的線索！

3. 你不能胡里糊塗！我的意思是，別浪費時間，把你看到和聽到的都記在筆記簿上，這樣就不遺漏任何資訊！

4. 你不能膽小如貓。我的意思是，別害怕，只要小心行事，就不會遇上麻煩！

5. 別瞎哼哼。我的意思是，別總抱怨！謹守本分，別瞎管閒事。

6. 對了，別忘記吃點心！比如一堆小香蕉。這能使你的小腦筋開動起來，幫助你好好思考，提升你的洞察力！

7. 最後，記得大量閱讀偵探小說，向最有名的小偵探們學習破案技巧，剝開壞蛋的真面目（我的意思是，揭穿騙局）！

# 好難的謎語！

史奎克朝我眨了眨眼：「所以，謝利連摩，你到底什麼時候能扔下小報社，和我一起來做小偵探？」

什麼？我根本連想都沒想過啦！還沒等我開口……

「邁克！」蕾拉蕾拉已經打斷了我們，「把握時間！快派出無人機，投射**新線索！**」

啊呀呀，這一回的線索真的好難……我試着**集中精力**，破解第三條線索。可是，我連一塊乳酪都看不明白呀！

線索1
線索2
線索3
飛石踢蹲

「這是什麼意思呀？難道是個武術動作？還是和跆拳道有關？！」

正當我全神貫注破解謎題時……噗！

我的整個腦袋都被噴上了一團黃色的泥漿。

只聽史奎克大笑：「這是**小香蕉噴霧！**我想你一定需要提神！」

我正想拒絕，可是突然……「咕吱吱！我明白啦！」

「第三條線索是**菲・史提頓**的拿手絕技！」

「這下都清楚了，」我繼續說道，「輪胎代表那輛跟她形影不離的電單車，紫色是她美麗眼睛的顏色！」

我話音剛落……**叮咚！叮咚！**

門鈴響了。這一回，我自己跑去開了門。

## 好難的謎語

「做得好，啫喱！線索很**難**，但我早就知道你能猜出來！」我的妹妹笑着説道。

「菲小姐，你提供的**線索**真有意思！幹得漂亮！我們可不希望電視觀眾無聊到睡着。」主持人説道，「親愛的史提頓選手，現在，你到底想不想知道你的妹妹要講什麼故事嗎？」

**「其實，我真的有點累了……」**

我回答道。

但蕾拉蕾拉根本沒有好好聽我回答，就大聲宣布：「史提頓小姐，請開始講述第四個故事！」

史提頓

# 菲·史提頓

《鼠民公報》特約記者，謝利連摩的妹妹。

她是一位優秀攝影師，總是孜孜不倦尋找獨家新聞，隨時準備開始一場全新的探險。

她魅力四射，身邊總是圍繞着一大堆追求者。

她皮膚雪白，紫色的雙眼清澈明亮，身材纖細，身姿矯健。

平時她喜歡舒適的運動服裝，但每到重要場合，她都會穿上優雅的裙子。

她熱愛賽車和電單車，總愛駕駛它們穿越妙鼠城的大街小巷。不過，她從不超速。

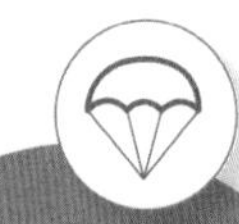

她熱愛運動，身手靈活敏捷，擁有跳傘執照、空手道黑帶，還有野外求生教練資格。

#菲·史提頓

# 綠寶石眼之謎

我敢肯定，像我和謝利連摩這樣性格迥異的親兄妹，你們一定從未見過！

他**理性**、**膽小**、**被動保守**；我呢，**感性**、**衝動**，**喜歡冒險**。

麗萍姑媽卻說，我們就像意大利麪和乳酪：截然不同，又完美搭配。她說的沒錯：每次和謝利連摩在一起出遊，我們總能經歷不同凡響的體驗！

比如我第一次拉他一起探險，尋找一個古老而**神秘**的寶藏！

這一切要從跳蚤市場説起。

當時，我正翻閱一本古老的航行手冊。突然，一張泛黃的羊皮紙從書裏滑落。

那是一張島嶼**地圖**，傳說「綠寶石眼」就藏在那裏。尋寶路線上共有三關，每一關都對應一道謎語。我需要聰明的大腦袋為我**破解謎語**。

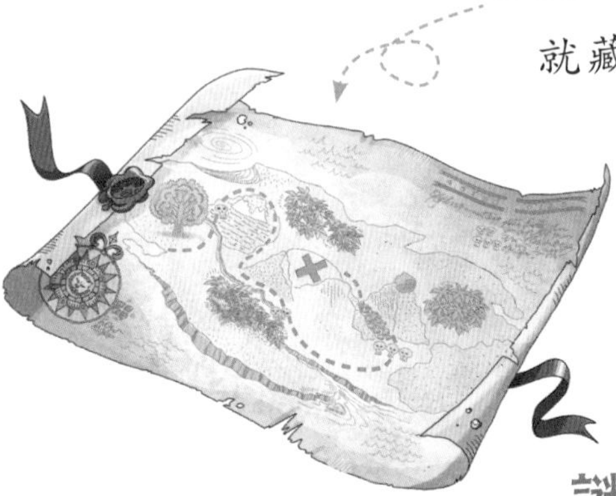

在我所認識的老鼠中，究竟誰的腦袋最有智慧？自然是謝利連摩啦！

但當我向他發出邀請時……

「什麼？一座偏僻的小島？！」他的臉「刷」地一下變得慘白，就像莫澤雷勒乳酪那樣，「這太危險了！說不定會**有老虎**……

**巨型昆蟲**……

**還有食蟲植物！**」

「要是你不願意，那我只好獨自對付牠們了！」我沒好氣地說道，「反正就算我遇到危險，你也不會在乎我！」我是故意這麼說的。每次謝利連摩拒絕我，我只要略微試探他那顆善良溫柔的心，他就會立刻改變主意！

這一次，我又重施故技。他果然同意了。於是兩天後，我們**一起**登上「幸運號」帆船，駛向了那座小島。

謝利連摩負責掌舵。看見晶瑩的浪花，他不禁被深深吸引。

「是不是很震撼？」我問。

「沒錯，」他回答道，「只可惜……他也在！」

哥哥所說的「他」，是我們的表弟賴皮。此刻，他正悠閒地躺在甲板上，曬着太陽。我們之所以帶上**賴皮**，是因為他是航行好手。

「謝利連摩大笨蛋！你能不能專心掌舵?!」**賴皮**的聲音突然傳來，「你再不好好開船，我們就會迷失方向了！」

啫喱立刻回應說：「**謝—利—連—摩**……要跟你說幾遍，你才記得住呀?!」

唉！這兩個傢伙總是在鬥嘴，根本沒辦法讓他們好好相處！

幾天來，大海一直風平浪靜，可是突然，一場**暴風雨**來襲，掀翻了我們的船隻，把我們一個個拋向大海！

「救命啊，救命啊！」我在巨浪間吱吱叫道，而賴皮則大喊：「快來幫我！

「你們待在那兒別動！我這就來救你們！」啫喱嘶聲力竭地大喊。好不容易，他終於把我們拖到了行李箱上。

我們雖然躲過一劫，可是……我們已經沒有了**船隻！**幸好，賴皮在箱子裏找到了一件睡袍，然後……把它改造成了一張帆布！

就這樣，我們歷盡艱辛，乘着「帆船」在茫茫大海中漂流了許久，最後，幸運地登陸了一座綠色的荒涼**小島**。沒想到，那居然就是「**綠寶石眼**」的所在地！

只聽賴皮歡叫道：

**「很快我就將變得富裕，啊不，是家財萬貫，啊不，是富甲一方！」**

但要找到寶藏，我們必須先闖過三關。

來到第一關，我們看見地圖上的謎語這樣

寫道：**看見石頭鋪滿青苔，**

**慌張只會對你有害！**

只見啫喱走向一塊長滿了青苔的大石頭，吱吱叫道：「應該就是這塊！」

恰恰就在那一瞬間……他竟開始在**流沙**裏慢慢下沉！

「救命啊啊！」他驚恐萬狀，不禁大喊。

我立刻說：「別動，你會越陷越深！」

但是根本沒用。我越說，他就越是緊張！

幸好賴皮已經爬上了一棵樹，向他拋出一根藤條，這才救下了他！

就這樣，我們三個又朝着第二關進發。那是一棵掛滿了黃色果實的樹。

對應的謎語這樣寫道：

**只要來到蘋果樹下，**

**就會發現果實扎人！**

賴皮不服：「果實扎人？哼，還是先嘗嘗我的厲害再說！」

說完，他便從樹上摘了一顆下來。

沒想到，一大羣**蜜蜂**開始向他發起攻擊。原來，那些根本不是「果實」，而是蜂箱！

為了躲避蜜蜂的毒針，我們一頭撲進**湍急**的河流……就這樣，我們來到了最後一關！

我們必須先穿過一條厚厚的**石板路**。

每塊石板上都刻有一個英文字母，我們必須準備地拼出最後一道謎語的答案。那條謎語是這樣寫的：

**經過完美發酵，**
**洞眼有大有小。**
**白或黃，深或淺，**
**老鼠吃貨都愛舔。**

啫喱立刻脫口而出：「是乳酪！英文『CHEESE』」

想也沒想，賴皮立刻踏上了石板。

可是拼寫單詞，從來都不是他的強項……只見他先後踩了C、H、E，最後是S！

啫喱立刻大喊：「不對！CHEESE中有兩個E啦！」

為時已晚！石板路的中間，突然出現一道旋渦，將賴皮吞了進去！

「**啊！不要啊！**」

謝利連摩大哭起來，「可憐的表弟！雖然他有時真的很**難纏**，有時還很**討厭**……但我一定會很想念他！」

「**難纏？討厭？!**」一把聲音從黑洞裏傳來，「明明是『**不凡**』！快把我拉出去！」

原來是賴皮！在下墜的過程中，他被一棵灌木勾住了衣服，這才**得救！**

幸好幸好！我們不禁鬆了一口氣，合力將他拉了出來。隨後，我們按照地圖指示，奔向「**綠寶石眼**」的藏寶地點。

但我們發現的卻是……一汪碧綠的湖水，還有在湖邊圍滿一圈的遊客！

「難道這裏不是一座荒島嗎？」啫喱難以置信地問道。

「當然不是啦！」回答他的是一名遊客，「這裏是本年度最熱門的**度假村！**」

不會吧！原來這裏根本沒有什麼寶藏……

只見在湖邊擠滿了幾百名塗着防曬霜、睡在大陽傘下的老鼠遊客！

啫喱和賴皮頓時心灰意冷，打算乘坐最早的一班飛機返回妙鼠城。

而我卻熱衷探險，打算多待幾天，逐一體驗我最喜愛的**運動**項目：登山、潛水、笨豬跳，還有滑翔！

就在飛機飛越那個「荒島」的上空時，我有了一個驚天發現！

整座湖呈圓形，它真像一顆綠寶石。

整個湖呈圓形，它真像一顆綠寶石。

而且，這個湖位於島嶼中央，像極了一顆清澈的眼珠……我這才明白過來：原來我們苦苦尋找的「**綠寶石眼**」……就是這一整座島嶼！**正如所有真正的寶藏一樣，它屬於大家……而不是每一個個體！**

不過，親愛的啫喱，我要給你的禮物，只屬於你一個！這樣，你就會記得自己最珍貴的寶貝。那就是……你對新聞的熱愛！

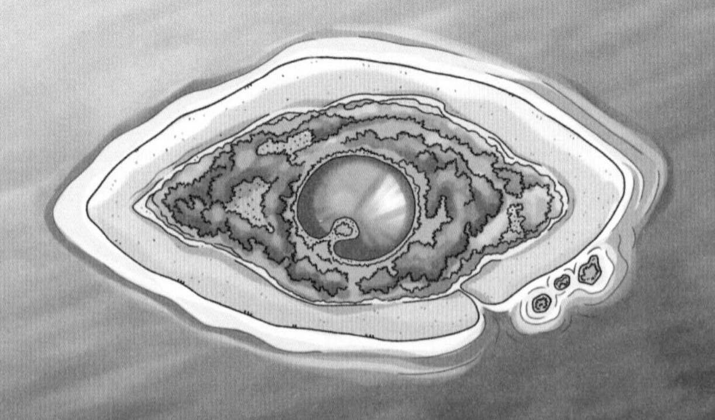

想了解更多上述故事，請參看《老鼠記者6 綠寶石眼之謎》。

# 鼠民公報

## 吹着鬍鬚都找不到的好記者守則

### 特約記者菲·史提頓的建議

## 寫作的十條黃金法則

要寫出一篇好文章來，並不需要遵守太多規則。但有些十分基本，必須注意。**首先**，一定要準備好紙筆，隨時做筆記，還要有一台相機，捕捉珍貴的瞬間。然後……

1）**保持好奇與熱情**：這樣才能應對不同的話題和保持對工作的熱誠。

2）**關心時事**：如果不明白，那就提問！

3）**永遠報道真相**：如實報道你看到或是聽到的，千萬不要自己編造。

4）**不要滿足於認識表面**：始終問自己：為什麼？不斷提問，深入研究每一個話題，而且要確保資訊來源可靠。

5）**預留充分時間工作**：收集資訊、採訪和一切有用的材料，然後再開始寫作。

6）**直奔主題**：不要東拉西扯，或添加無關細節。

7）**客觀陳述**：區分你陳述的事實和你表達的觀點。

8）**標明來源**：如果你引用了他人觀點，一定要標上引號，並寫出對方名字。

9）**注意文句**：確保文章清晰、簡潔易懂。

10）**小心校對**：檢查全文，並修改錯誤。文章的品質在於細節！最後……記得署名！

菲·史提頓

# 別抱怨啦！

當菲的訪問結束了，攝影師突然來到了我的身後，想要拍攝菲送給我的禮物。

**「喂！別再拍啦！」**我不禁抗議，「我真是受夠了這樣的拍攝！我只想安安靜靜慶祝我的生日！」

蕾拉蕾拉卻仍然沒有離開的意思，說：「好啦好啦！別**抱怨**啦，史提頓選手……你這樣板着臉，會影響你的妝容！來來來，我們趕快進入下一環節！」

很快，無人機又開始**轉動**起來，並投出三道光束，射在牆上……

線索1
線索2
線索3

「快，謝利連摩！這個不難……」菲在我耳邊小聲說道。

「**噓噓噓！！！**」蕾拉蕾拉立刻阻止說，「史提頓選手必須自行作答！怎麼樣？你準備好回答了嗎？！時間就快到了！」

大家都把目光落在我身上。然而，我仍未有頭緒，不禁抓抓腦袋思考着。

「一株食蟲植物……我想到的是園丁……可是紫色的**指甲油**，又顯然是女性特有的……」

班哲文和翠兒忍不住說道：「啫喱叔叔，快看最後一條線索！」

「噓！」主持人再次提醒大家不要提示。

我全神貫注地想，喃喃地說：「這款開篷跑車讓我想到了『咆哮蝙蝠』靈車……啊！對了！這一定是**多愁．黑暗鼠啦！**」

「**小乖乖！**我就知道你一定能猜對！」多愁突然出現在我面前，用手爪繞住我的脖子。

「這麼簡單的題目，一看就知道嘛：這株食蟲植物，就像我心愛的小優；『暴風雲霧』是我最愛的指甲油顏色，還有我的開篷靈車……」

「好好好，這個答案很簡單啦，」我和應道。

多愁立刻**親了親**我的鬍鬚，吱吱叫道：「你值得擁有一頓浪漫的燭光晚餐！至於我的**故事**嘛，自然……」

史提頓

## 多愁・黑暗鼠

恐怖片導演，「吸血鬼谷」專欄著名記者，謝利連摩的「女朋友」。

她駕駛最新款靈車：「咆哮蝙蝠」開篷車。

她熱愛復古時尚，最愛的設計師是拉皮托・湯布馳，因為他在葬禮服飾、遺體妝容等方面堪稱專家。

她的皮膚富有光澤，頭髮如墨水般烏黑；雙眼碧綠，睫毛纖長；指甲鋒利，總是塗着紫色指甲油。

她是殯葬・黑暗鼠的女兒，和整個家族一同居住在骷髏頭城堡。她的卧室位於一座古老的地下墓穴，夜裏睡在一尊大理石棺中，牀單用上黑色的名貴綢緞。

她頸上戴有一塊奇特金牌，上面刻有蜘蛛。她養了一隻蝙蝠寵物，名叫「小福」。

不久前，她剛成立一家婚姻介紹所，名為：同生共死。她希望能為所有鼠民找到夢中情人！

# 黑暗鼠家族的秘密

各位鼠民朋友，恐怕你們並不知道，我第一次帶謝利連摩，我的小乖乖去**骷髏頭城堡**見我親愛的家人，他的表現就讓我刮目相看！

坦白說，我們的款待對他來說，簡直就是一場**噩夢**。按照慣例，每當我們黑暗鼠家族邀請客人來城堡做客，都會讓對方睡在客房。說得更具體些，是睡在一副鋪有天鵝絨的棺木裏。那可是亡靈們的最愛！

只可惜小乖乖只逗留了一晚，我家上下都很喜歡他呢！當時，我家的毯子熱情地把他全身裹緊，興奮地捲着他飛起

來，非常不捨得他離開呢！

我家的鏡子也為小乖乖設計出專屬的**鬼臉**，壁爐亦高興得不停地開合作歡迎（*說不定還會點燃他的尾巴，作為友誼的象徵*）；我們的馬桶也一直想把他**吸入**下水道，好讓他在城堡的臭水溝裏暢泳！

總之，那天小乖乖在城堡裏沒待多久，大家就喜歡上了他，甚至包括炆燉鼠先生——我家最出色的廚師！

要知道，炆燉鼠先生幾乎從不讓陌生鼠品嘗他的**招牌燉菜**……

他卻為小乖乖盛了滿滿一碗！起初，小乖乖非常欣賞這道菜式，吃得一點不剩，就像蝙蝠看到蝨子一樣！

也不知道怎麼回事，當小乖乖得知燉菜用上的食材後，突然變得臉色蒼白，如同一具沾滿灰塵的木乃伊。接着，又突然臉色**發青**，彷彿一頭發霉的蠑螈。

我們用上的明明全部都是上好的珍貴食材，比如……

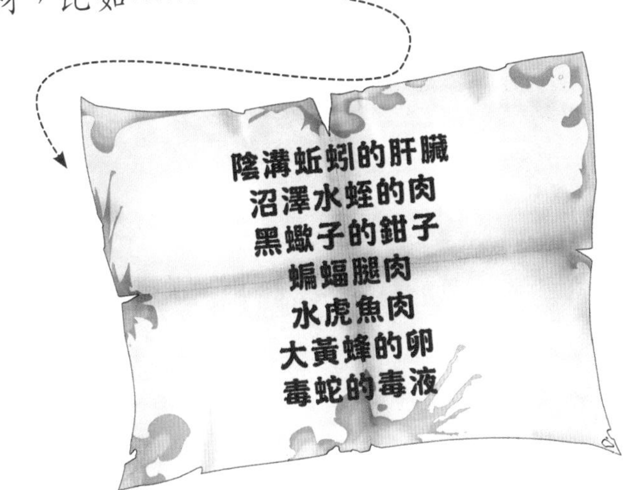

炆燉鼠先生一臉自豪地說：「哎喲，你知道我招牌燉菜的最大特色是什麼嗎？那就是每次我都會即興發揮，添加幾味全新配料！比如這一次，我加入了自己的臭襪子（*不過，煮了一小會兒我就已經撈出，否則味道太重！*）。另外，我還加了一隻脆**蟑螂**，誰讓牠剛好爬過。」

接著，他壓低聲音繼續說道：「你可能還不知道這菜是用什麼鍋煮的吧？它足有五百年歷史，最先使用的是我爺爺的爺爺的爺爺的……」

炆燉鼠先生居然把這個秘密也告訴了小乖乖，這是多麼**難得**呀！只可惜小乖乖聽了之後激動過度……瞬間昏倒了！

總之，一切都順利得超乎想像。黑暗鼠家族的其他成員也都見到了我的小乖乖，沒有一個不喜歡他！

① 蘭湯鼠夫人的金絲雀卡魯素狠狠**啄**了小乖乖一下！

② 我的雙胞胎姪子史力和史納把他們笑話集裏最悲傷的那些講給了小乖乖聽……甚至還讓他在一間堆滿了**屍骨**、**棺木**，**還有木乃伊**的房間裏找到了一張假藏寶圖！

③ 還有我們的食蟲草莓，滿花房追着小乖乖跑，就為了**咬**一口他的屁股！

*以一千具木乃伊的名義發誓*，就算是這個家裏的鬼魂，都會被它們嚇得臉色**蒼白**！

那天黑暗鼠家族的所有成員都在城堡裏集合，聆聽爺爺科學怪鼠的**遺囑**。幸好大家都在，否則爺爺一定會大發雷霆！

我們的公證鼠演說·訃告鼠剛要宣讀遺囑，沒想到爺爺自己卻突然出現在大廳，說：「告訴大家，我還活着！」

「我當時正在噩夢樹林裏採摘蘑菇，突然就在一棵樹下睡着了……直到一隻蝙蝠把尿撒在我臉上，我才醒了過來。既然我還沒死，黑暗鼠家族的城堡就依然是屬於我的（*誰要是想打它的主意，他必定會有災難臨門！*）。」

於是，我便借機將小乖乖也介紹給了爺爺認識。

爺爺讓謝利連摩好好對待我，否則就把他

## 變成木乃伊！

驚喜還沒完呢……

大家正要散場，突然傳來一陣傷心的哭聲，幾乎要把玻璃震碎：

**嗚咿咿咿咿咿咿咿咿咿咿咿！**

大家紛紛好奇地探頭到窗邊張望，發現在吊橋前有一個藤籃子，而裏面放着的，居然是……一個正在高聲大哭的小嬰兒！

小乖乖立刻把小嬰兒抱在懷裏，不停哄他。

「你看他那麼小！」我的姪女心慌慌不禁感歎。

「真可憐啊！他一定是被遺棄了！」蘭湯鼠夫人補充道。

「他需要吃一些燉湯，我來給他準備一個**奶瓶！**」炆燉鼠先生大聲說道。

在這之前，我們也曾發現過某種食蟲植物、迷失的鬼魂、發霉的木乃伊，或是流着口水的怪物，從沒看見過這麼淒涼的**小孤兒**……這下，必須召開特別家庭會議！

不用說，謝利連摩，我的小乖乖自然也參加了。他也和我們想的一樣：必須立刻**收養**這個小傢伙。他甚至還為小老鼠取了名字：貝貝！

啊哈，是不是很有創意？

然而，最**可怕、黑暗、恐怖的**英雄時刻，是小乖乖窩在我家城堡的藏書室裏，津津有味地閱讀我們家族祖先傳下的珍貴資料。

當他讀到一本名為《**骷髏頭城堡的黑暗歷史**》的古老書籍時，突然**狂風大作**，電閃雷鳴，任誰都會汗毛倒立，渾身發抖。

啊，我是多麼喜歡暴風雨啊！那是多麼憂傷，多麼神秘……

當時，一道閃電擊中了城堡附近的一棵橡樹，狂風把窗户吹得大開。就這樣，一根**着了火**的樹枝點燃了窗簾！我們的藏書室瞬間着火了！

我們的英雄，謝利連摩——也就是我的小乖乖二話不説，立刻跑到廚房捧起燉菜的大鍋（*當然是炆燉鼠先生的那一隻啦！*），勇敢地上前滅火，最終**拯救**了珍貴的古老典籍！

因為他的英勇行動，我們決定把他的名字加入我們的家族名冊（*其實我早就決定了，誰讓我想嫁給他呢！*）。我們甚至還為此打造了一塊墓碑豎立在城堡中，以此紀念這個可怕的日子！

如今，小乖乖已是黑暗鼠家族的一員，無論他是否願意都無法拒絕！今天，為了彰顯他的成員身分，我為他帶來了一份特別的**禮物**。這是黑暗鼠家族的秘密，能教會他如何喬裝嚇鼠！

我知道木乃伊總會嚇得他鬍鬚亂顫（*史力和史納把他關進棺木時，你們真該看看他的那副模樣！*）。不過我敢肯定，有了這一份喬裝指南，他一定能克服內心的恐懼！

想了解更多上述故事，請參看《老鼠記者20 黑暗鼠家族的秘密》。

# 黑暗鼠的憂傷秘密
# 終極喬裝指南

以一千具木乃伊的名義發誓，
你也可以變身為可怕的
木乃伊！！！

**所需材料：**

- 一張白色舊牀單
- 針線
- 顏色極淺的粉底液
- 粉色胭脂
- 長袖汗衫
- 白色緊身褲

**記住一定要在大人的幫助和指導下完成啊！**

1）用剪刀將白色牀單剪成約10厘米寬的布條。在大人的幫助下，將布條的末端一條條縫起，接成一條超長繃帶。

2）穿上白色汗衫和白色緊身褲。

3）用淺色粉底液塗抹全臉，包括眉毛，隨後用粉色胭脂塗在眼周。

4）用布條從頭繞到腳，不要太用力。

5）注意覆蓋雙手、手臂、肩膀、大腿、小腿和雙腳。全身都纏上布條後，打個結固定。

# 史提頓，快拿戒指！

多愁深情地抱住了我，說：「小乖乖，你喜歡我的故事嗎？我是不是世界上最好的**女朋友**？」

蕾拉蕾拉趁機問道：「史提頓選手，你會不會娶她為妻？要是你現有進行求婚，我們的收視率一定暴增的，嘻嘻嘻！！！」

我的臉「唰」地漲得通紅，簡直就像紅辣椒一樣！我尷尬地說：「呃……我覺得……」

**「小乖乖，快把戒指拿出來嘛！」多愁大喊**

主持人也催促道：「史提頓選手，戒指！」

啊！這真是一場噩夢……幸好，光線突然暗了下來，無人機再次出現投影出新線索！

線索1
線索2
線索3

## 史提頓，快拿戒指！

又有一位嘉賓出現在我家的大門前。

叮咚叮咚！叮咚叮咚！

「史提頓先生，門鈴已經響起。你對這些線索有什麼想法嗎？在你看來，這次將會是誰呢？」

我微微一笑：這次很簡單，線索太明顯了！

我不緊不慢地說：「一列火車、一個薄餅，還有一件夏威夷襯衫……那是我表弟最喜歡的交通工具、食物和服裝！」

「你確定嗎？」蕾拉蕾拉問道。

我堅定地回答：「我敢打賭，這位神秘嘉賓一定是賴皮·史提頓！」

「做得好，大笨蛋表哥！這麼看來，你好像也沒那麼笨啦！」賴皮一蹦一跳進了房間。

只見他來到多愁身旁，深鞠了一躬，還像紳士一般，行了個吻爪禮，隨後說道：「你好啊，美女鼠！為什麼你總是這樣容光煥發？聽我的，快點醒來，不要再弄錯訂婚對象。你要嫁的，應該是我！」

「你就別在這兒自作多情啦！」我不禁抗議。

蕾拉蕾拉立刻喊道：「邁克，快給特寫！這樣爭風吃醋的畫面，怎麼可以錯過？賴皮，你可以開始講故事了！」

就這樣，我的表弟硬生生擠在了我和多愁中間，開始娓娓道來……

史提頓

# 賴皮・史提頓

謝利連摩・史提頓的表弟。

他健壯結實，毛皮黝黑，紮了一條小辮子。他總穿着黃色印花襯衫，左耳戴着一個耳環。

他住在一節破舊的火車車廂裏，那是他從科羅拉多・史提頓那兒繼承的，也就是他叔公的叔公的叔公。

他喜歡說笑、古靈精怪，最愛捉弄謝利連摩。

他喜歡重口味、辛辣的食物，希望嘗遍全球美食。

他嘗試過各種不同的工作，例如：雜耍演員、乳酪品鑒師、跳蚤訓練員、馴獸員、二手商販……不過，他的夢想是經營一家餐廳，成為妙鼠城最有名的廚師！

他最大的心願之一就是成名。儘管嘴上不說，但其實他真的有點羨慕謝利連摩。

#賴皮・史提頓

# 超級廚王爭霸賽

各位親愛的朋友，你們知道我和我表哥曾經一起參加過一場烹飪**比賽**嗎？

不對不對，應該說，是我想參加的！至於謝利連摩，他之所以會去，還不是因為我？!

要不是我把大蒜丸子從窗户射進他房裏，要不是我説服他參賽，駕駛我的**雙層露營車**一起**前往**鮮軟乳酪崖，他怎麼可能會獲得超級廚王爭霸賽的冠軍，成為**頂級鼠廚**?!

「我沒空陪你！**編輯部**有一大堆事等着我處理呢！」那天早上，他就是這麼回答我的。聽他這口氣，似乎成為老鼠島最有名的廚師並獲得「金叉子」獎項，還不如坐在書桌前重要！幸好我不依不饒，説服了他一起參賽！

為了參賽，我必須有一名助手才行。哎呀，我是説試味員啦！再説得直接點，就是受害者啦！

就這樣，我和他帶着我寶貴的秘密行李箱，來到了蒜葱伯爵的城堡，和老鼠島上的其他名廚同場競技。

你們有所不知，**參賽**選手眾多，那隊伍真是長得望不到盡頭……但是我，賴皮·史提頓，是贏定了的！

這個超級廚王爭霸賽連續進行七天。

「這地方怎麼這麼陰森恐怖呀……我聽説蒜葱伯爵的鬼魂直到今天還會在城堡裏遊

蕩……」那天晚上穿過城堡走廊的時候，謝利連摩簡直害怕極了。

「好啦！表哥，你應該**感謝我**才對！要不是我大方，讓你和我住一個房間，我看你怎麼辦！」我回答說。

「這裏**臭烘烘**的，就好像發霉大蒜的味道！你再看看這兩張牀，全是陳年污漬！」他一進房間就抱怨。

**「這麼說，你是想睡在城堡的密室裏？」**

「好吧，那你就自己去好了……這樣我還可以有點**私隱**呢！」我回答道。

你們不知道，每次我打開我的秘密行李箱進行操作，我表哥總會偷看……真是多管閒事！他難道不知道，每個優秀的廚師都有自己的獨家秘訣嗎？最後，我忍無可忍，只好豎起一道屏風！

那晚我睡得香甜呢！對我來說，這種要在比賽取勝簡直易如反掌。我的預感從不出錯！

第二天早晨，所有廚師在各自的**灶台**前各就各位。我立刻把屏風豎在面前：我才不要讓別人看見我的裝備！

當一頓佳餚終於完成，我連忙把謝利連摩打扮成**服務生**，讓他為四位評審上菜。你們都不知

道，當時那些評審十分嚴肅，不好應付呢！不過，我可是胸有成竹的！

你們猜猜第一天的獲勝者是誰？是117號參賽選手，也就是我！

「賴皮，你究竟是怎麼做到的呀？」表哥忍不住問我，「前幾天你讓我嘗你做的菜餚，都是噁心的黑暗料理！」

「明明是你不了解我的烹飪天賦！」我不禁反駁說。

就這樣，在接下來的幾天裏，我連連獲勝，那些廚師就像斯加莫澤乳酪一樣，根本不是我的對手。

到了星期天決賽時，只剩下了七位選手，而只有一位能獲得傳說中的「金叉子」獎項。我當然志在必得啦！

可是，就在前一晚，突然發生了一件意外……啊不，其實是兩件意外！

首先，一場可怕的暴風雨突然來臨。整座城堡的燈光忽地全都熄滅了！就連我的行李箱也失靈了！悄悄告訴你們，其實那是一個便攜式冷凍櫃，裏面保存着我在參賽時需要提交的作品。

沒錯，這就是我作為一名成功廚師的秘訣！那些菜全是我請**麗萍姑媽**事先做好的，然後放在冷凍櫃裏帶去比賽現場。比賽時，我只要在屏風後進行解凍，然後讓毫不知情的謝利連摩端到評審面前，就大功告成了。

可是，當時卻不幸發生了第二件意外！那晚，謝利連摩居然發現了我的秘密，而且還說我**作弊！**

我只是想把麗萍姑媽的廚藝發揚光大！她是不是史提頓家族的一員？我不過是代表史提頓家族參賽！再說了，我又沒違反**規則**……連評審們都確認過，說可以使用屏風！

「表哥，憑我的聰明才智，比賽本來就該我贏……你看！」說着，我便打開冷凍櫃，想給謝利連摩展示我決賽時要提交的作品。可是，因為停電……**所有食物全部都變壞發臭了！**

我圍着冷凍櫃轉來轉去，想找辦法解決。就在這時，我不小心一腳踩在從冰櫃流出的青綠色液體上，在空中翻了**兩圈**，然後重重摔落在地上……

啊！不要啊！！

*「啊呀呀呀！痛死我了！」*

就這樣，我被抬上擔架送去了醫院，而謝利連摩呢，則撞了大運，**頂替**我參賽！

我這麼做是不是太冒險了？我是誰呀？我是鼎鼎有名的賴皮，才華橫溢的廚藝專家……而我表哥呢，他卻總是笨手笨腳的！不過，我知道他一定會全力以赴，替我**贏得**比賽！

就在我的腳爪被打上石膏時，我的表哥雖然因為壓力過大而鬍鬚亂顫，但是他也集中精神，列出了一張待辦**清單**；

第二天，他就去了鮮軟乳酪崖的村子採購所有食材（*可還是和以前一樣的笨啦！那天是***星期天**……*所有食品商店都關門了！*）；

好不容易，他終於找到

了托皮婭鼠姨的有機農莊。他真是走運，因為托皮婭鼠姨善良熱情，為他採集了所需的新鮮食材，裝滿了一整架**小推車**！

我表哥趕回古堡的時候，他剛好及時趕上比賽開始。就這樣，他開始烹飪，做出了「史提頓超級薄餅」和什錦水果杯！

你們肯定會說，這麼簡單的菜，就算是一隻兩歲的小老鼠也會做！其實，托皮婭鼠姨的食材才是最關鍵的秘密，因為所有**食材**既新鮮又健康。

評審們看在我這位**名廚**的面子上，一致同意把「金叉子」獎項頒發給他。

雖然我還綁着石膏、拄着拐杖，最後也及時趕上了頒獎典禮，一把捧過我們的獎品。

歸根結底，「金叉子」只屬於我一個，永遠都只屬於我！！！

我才是年度超級廚王……

不過我也承認啦，那一次，謝利連摩實在做得很好，是一個**超級助手！**

所以，今天我給他帶了一件小禮物來。這是**史提頓超級薄餅**的食譜（*不用説，當然是經過我審核與修改的！*）。看到它，表哥就能想到，我們要是能好好合作，那簡直天下無敵！

想了解更多上述故事，請參看《老鼠記者85 超級廚王爭霸賽》。

# 史提頓超級薄餅

所需食材：

- 250克麪粉
- 5克天然酵母
- 莫澤雷勒水牛乳酪
- 3個番茄
- 羅勒
- 一隻甜椒
- 一根翠玉瓜
- 橄欖油
- 鹽
- 牛至

**薄餅麪團**：(小朋友可以請大人幫忙一起做！)

- 用一杯不超過攝氏40度的溫水融化酵母；
- 將麪粉倒在桌子上，鋪開，中間留一個洞，隨後倒入適量酵母水，加入3勺橄欖油和一撮鹽；
- 搓揉麪團，直到麪團表面光滑富有彈性；
- 將麪團搓成球狀、滾圓，放入大碗，發酵兩小時。

**薄餅餡料**：

- 與此同時，將翠玉瓜去皮，切成細片，將甜椒去籽，切成條；
- 在鍋中將蔬菜炒軟。
- 待麪團發酵後，用擀麪杖將麪團攤開在烤盤上；將壓碎的番茄蓉、切丁的莫澤雷勒水牛乳酪與牛至鋪在麪團上；
- 將烤箱預熱至攝氏180度，放入薄餅，烘烤20分鐘；
- 薄餅出爐後，用甜椒、翠玉瓜和幾瓣羅勒進行裝飾即成。

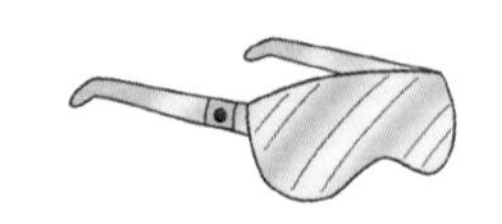

# 再給五分鐘

我不禁氣得鬍鬚鬍鬚亂顫，反駁說：「賴皮，根本不是你說的那樣！」

賴皮一臉不高興，說：「什麼？你說不是？」

「不是不是就不是！」我不禁抗議，「我們之所以會贏，並不是你的功勞！你是那個**作弊**的傢伙，我才是靠自己的真本領！」

賴皮騰地跳了起來大喊：「你說什麼！」

蕾拉蕾拉不禁大喊：「邁克，把這些都拍下來！這種爭吵的畫面，觀眾最愛看了！」

菲在旁勸說：「你們兩個別再吵了！快看那兒吧，新的**線索**又出現了！」

線索1
線索2
線索3

## 再給五分鐘

*以一千塊莫澤雷勒乳酪的名義發誓*，我妹妹真的沒說錯呢！無人機又投射出三幅新的影像……因為緊張，我的鬍鬚不禁亂顫起來。

沒完沒了的壓力……謎語……還有十分恐懼犯錯……我真的受夠了啦！

這時，爺爺彈了彈我的耳朵，說道：「孫兒，你不會這麼沒用，連這個都猜不出吧？！」

我結結巴巴地說：「呃……我的許多朋友都戴太陽眼鏡……都喜歡運動服裝……都熱愛旅行……」

蕾拉蕾拉湊到我身邊，注視着我的雙眼，說道：「史提頓選手，時間就要到了！究竟是誰在敲門？」

「我……這……應該是……我覺得……哎呀，我不知道啦！再給我五分鐘！」

主持人搖了搖頭：「很遺憾，嘉賓已經抵達，你已……**超時！**」

## 再給五分鐘

**「你可真是一塊斯卡莫澤乳酪，謝利連摩！」**

說話的是艾拿。此時，他已經開門進來了。

好吧，他說得沒錯啦……我這才發現，剛才的線索其實沒那麼難猜啦！

**「超級大懲罰罰罰！」**蕾拉蕾拉大聲宣布。

無人機一刻也不消停，在我腦袋上嗡嗡叫個不停，然後……嘩啦啦！它居然把一桶冰水澆了下來！



*為什麼，為什麼，為什麼倒霉的總是我？！*

艾拿不禁大笑：「振作點，謝利連摩……真正的超級鼠從不會被意外打到！你難道忘了那次的**極限冒險**嗎？」

就這樣，他開始講起了故事……

史提頓

## 艾拿

極限運動、野外求生和野外定向的專家。

樂於助鼠，慷慨大方。如果有誰要他幫忙，他一定欣然答應。他喜愛詩集，熱愛自然，希望世界和平。

他將挑戰視為人生目標。對他來說，生活就意味着不斷接受考驗！

身材魁梧，身姿矯健。他肌肉發達結實，體形壯碩。

他有一項重要任務，要把謝利連摩改造成一名真正的男子漢，啊不，應該說，是一隻真正的超級鼠！

他髮型講究，常常戴着一副滑雪鏡，身穿多功能卡其色制服，隨時準備開啟一場冒險。

他非常熱愛運動，尤其是極限運動，比如跳傘、攀岩、漂流、單板滑雪和衝浪。

#艾拿

# 超級鼠改造計劃

一切都要從一場營救說起。

那天早上，我的傻瓜好友，也就是謝利連摩啦，他在買菜之後，被困在妙鼠城圖書館的電梯裏……

要是他馬上嘗試從口袋裏掏出手機，打一個電話，可能不用五分鐘就能脫困。當時他竟害怕得鬍鬚亂顫，於是就在電梯裏待了一整個晚上。當時，他覺得自己一定沒命了！

幸好，第二天我碰巧打電話給謝利連摩，這才知道他被困在電梯！

這下我發現了一件事：必須好好教他如何在**緊急情況**下保持冷靜和頭腦清醒。不對，上課又怎麼夠？應該對他進行一連串的培訓，加強他的求生技能才行！

就這樣，我把他拉着他登上一架直升機，出發前往我們的第一站：世界**最大**沙漠——**撒哈拉沙漠！**

「這裏實在太熱了啦！我要回家！」謝利連摩哼哼唧唧。他想也別想！我們的培訓才剛開始！

那天早上，我讓他接受了一連串超級鼠的基礎測試。

在無邊無際的沙漠中，我突然在他的上衣口袋裏翻找起來，然後說：「嘩，快看！居然有一隻……**蠍子！**」

「**救命啊啊啊啊啊啊啊啊啊啊啊啊啊啊啊啊！**」

謝利連摩立刻急叫起來。

其實他根本沒發現，那隻蠍子是橡膠做的。一看就知道是假的嘛！所以，第一場考驗他就沒通過，因為考驗的主題就是：

**時刻保持冷靜！**

你們以為他接下來的表現會越來越好？哼，當然不是！

首先，我請他吃了一頓晚飯，是**蠕蟲**乳酪，他卻一口拒絕，一看就沒什麼適應能力（*在沙漠裏，哪有什麼給你選擇？有什麼就吃什麼！*）接着，我又更加確定：

他毫無方向感；至於反應速度，還比不上一頭沉睡的駱駝！

只有一次，他表現得還算湊合。那時**蜜蜂**叮滿了他全身，從鬍鬚一直到尾巴尖！

之後，我又帶他去了**北極**，在攝氏零下四十度散步七天。只是七天而已啦。

「**這裏實在太冷了啦！**我要回家！」謝利連摩剛下直升機，又開始大叫大嚷起來。

但他想也別想逃！我們的訓練必須繼續！

看看這傢伙！先是忘了塗防凍潤膚霜，接着又忘了**裹上**極地尾巴套，最後還忘了我的教導：不能出汗！否則就會像鱈魚那樣凍成一團……不管怎樣，他總算僥倖生存了下來！

於是，我們又出發前往熱帶**叢林**……

「真是嚇死鼠了啦！我要回家！」他又吵鬧起來。他先是在跳傘的時候，掛在叢林最高的樹上……

接着，一頭母猩猩把謝利連摩當成了自己的孩子，不停在他身上**捉蝨子**。

之後的情況更糟。我把他帶進一個**岩洞**，他呢，居然把裝着手電筒備用電池的袋子弄丟了。洞裏一片漆黑，他什麼也看不見，開始抽泣起來。

通常，如果一隻老鼠在這樣的地方迷路，最後只會留下**屍骨**，而且要到好幾百年之後才會被發現！

這一次，這個傻瓜終於開了竅！他開始**唱**起自己最喜歡的歌。於是，我循着歌聲終於找到了他。

那是我們生存技能訓練課程的最後一站。儘管一路上謝利連摩時常抱怨，最後也成功獲得了**生存技能課程證書**。

因為實在太累，他連續睡了兩天兩夜才終於恢復過來。

謝利連摩的確學到了超級鼠的精神，但我倆都沒想到，真正的考驗居然會這麼快來到。

我們剛回到妙鼠城，市長就給謝利連摩打電話，告訴了他一樁**緊急事件**：原來，老鼠島北部地方將會面臨超級颱風侵襲，海豚灣市隨時可能面臨一場洪災。

起初，謝利連摩告訴**市長**，他也無能為力……但是很快，他就想起了我的教導，決定奮力一試！

就這樣，他不僅動員了《鼠民公報》的所有員工、他的家人和**朋友**，甚至還號召整座妙鼠城的鼠民參加行動！

## 超級鼠改造計劃

因為《**鼠民公報**》出了一期**精彩特刊**，全體鼠民全都伸出援手：有的提供交通工具、有的負責**食物**、有的負責睡袋和棉被，還有的提供醫療救助……只是一眨眼的功夫，一支非同凡響的特別行動隊就已經抵達海豚灣，密鑼緊鼓地開展防災**工作**，加固河岸堤壩，防止河水氾濫。

這麼龐大的工程，究竟是誰指揮的呢？當然是我們的超級鼠……***謝利連摩・史提頓！***

所以今天，我要把自己珍藏許久的**神秘**分享給他，告訴他究竟怎樣才能成為名副其實的超級鼠。其實，一切都要從小事做起！

想了解更多上述故事，請參看《老鼠記者56 超級鼠改造計劃》。

# 怎樣成為名副其實的超級鼠？秘訣在此！

1）只要有時間，就盡量步行或騎車出行。既可以鍛煉身體，又能減少車輛的碳排放，保護環境！

2）和朋友們去戶外玩耍。你們可以一起發明出許多新的遊戲，保持身體健康！

3）從事你真正熱愛的一項運動。只要你能獲得樂趣，就永遠不會覺得枯燥！

4）多喝水，減少喝含糖飲料。水對身體的運作至為重要，我們的血液、骨骼還有器官裏面都有水。我們要時刻注意補充水分。

5）不要挑食，保持飲食營養均衡。食物能夠為身體提供能量，幫助你學習、運動和玩耍。

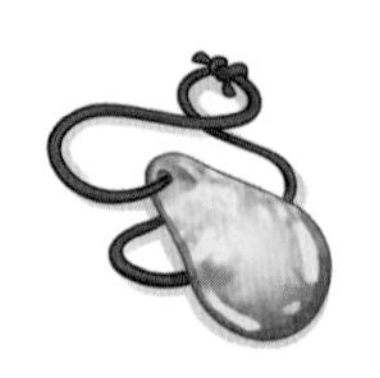

# 疲憊不堪，筋疲力盡，癱軟無力

我感謝艾拿的禮物和精彩的故事，隨後便癱倒在沙發上。經過一大早的驚嚇，化妝打扮，還有這些種種線索猜謎……我只覺得**疲憊不堪，筋疲力盡，癱軟無力！**

我幾乎就要睡着。就在這時，我聽見蕾拉蕾拉竊竊私語，說：「麗鼠先生，我們該給史提頓選手補補妝容啦……要是觀眾看到那副沒精打采的模樣，一定會換台的！」

麗鼠先生連忙為我拍上香粉（乞嗤！乞嗤！乞嗤！）。與此同時，主持人又指揮起無人機，對我大喊：「快！史提頓先生，打起精神來！我們得進入下一環節！」

線索1
線索2
線索3

## 疲憊不堪，筋疲力盡，癱軟無力

我不得不聚精會神，仔細思考起來：我肯定見誰戴過那個**吊墜**，而且還是我很喜歡的一隻老鼠。

這時，班哲文已經猜到了答案（*我的姪子真機靈呀！*），提示我說：「啫喱叔叔，你好好想想！**第三條線索**是不是很熟悉？」

我不禁陷入沉思：「*嗯*……我想到的是……翠兒！」

啪！翠兒立刻彈了彈我的耳朵，說：「叔叔！難道你沒看見我已經在這兒了嗎 ?! 」

「我哎呀！我看見了啦……不是，我的意思是……我太**累**了啦 !!! 」

蕾拉蕾拉打斷了我，問：「史提頓選手，你剛才是說，門外站着的是……翠兒 ?! 」

什麼 ?! 我根本沒想回答！這只是一場**意外！**

蕾拉蕾拉卻不理會，說：「就讓我們打開大門，看看這位嘉賓究竟是誰……」

走進來的是……我的好朋友**柏蒂·活力鼠**！她給我一個熱情的擁抱：「啫喱，你居然猜錯了！這幾條線索明明那麼簡單！*」

因為沮喪，我的鬍鬚不禁耷拉下來。還沒等我回過神，就看到無人機直奔我而來，而且還……直起機身！這是要幹什麼?!

**「不要啊！我不要再經受超級大懲罰了啦！」**

我不禁尖叫起來！只見無人機伸出機械爪……把我的鬍鬚打了個結！

蕾拉蕾拉一臉壞笑，指示攝影師，說：「邁克！給活力鼠小姐特寫鏡頭！我們已經迫不及待聽她的故事了！」

柏蒂露出燦爛的微笑，說：「我也迫不及待要開始講述了！」

線索解讀：1. 柏蒂拍攝的一部自然紀錄片畫面；2.柏蒂的琥珀吊墜；
3. 花枝象徵春天充滿「活力」！

史提頓

# 柏蒂·活力鼠

環保紀錄片記者。

她的家族世代居住在紅杉谷的活力農莊，但她經常和哥哥達科他前往世界各地拍攝紀錄片。

她幽默又機智，是第一個叫謝利連摩「啫喱」的老鼠。

她身材纖細，充滿活力，金髮碧眼。她的穿打扮休閒隨性，常常是襯衫加牛仔褲的組合。

她的嗜好是吹笛、唱歌，收集世界各地的琥珀吊墜。

她的夢想是拯救地球與自然，通過她的報道向大家宣傳環保的生活方式。

她性格溫和，從不與他人爭吵，除非對方不愛惜自然！

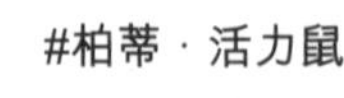

# 環保鼠闖澳洲

我一直都是謝利連摩·史提頓的忠實**書迷**。我喜歡他的每一本**書**（*尤其是遊記！*），每一篇**文章**（*尤其是呼籲大家保護大自然的！*），從不錯過他的每一條網站**帖子**（*尤其是講述大自然的！*）

啫喱（*我一直都這麼叫他！*）好奇、上進、機智、感性、正直、誠實……我和我的雙胞胎**哥哥**達科他·活力鼠正需要他這樣的老鼠，幫助我們完成一個難度很高的項目：一部關於澳洲大自然的紀錄片！

你們也許已經知道，我和達科他都是電視記者，熱愛自然，想盡我們所能保護環境。

要拍攝那部**紀錄片**，我們需要一隻能幹、善良和聰明的老鼠……就像謝利連摩那樣！

於是，某天早上，我們**直衝**謝利連摩的辦公室……我是說真的！！！

我們的確是……彈進、射進、衝進啫喱的辦公室！

到底怎麼一回事？那當然是從窗户**跳發**進去的啦！總之，過程驚險又刺激。刺激到……嚇暈了啫喱！

看見他暈倒，臉色蒼白得像塊莫澤雷勒乳酪，我哥哥不禁說道：「柏蒂，你確定他是我們要找的老鼠？我怎麼覺得他不適合叢林歷險呢……」

「我萬分確定！」我一邊回答，一邊拍打謝利連摩的臉蛋，試圖讓他清醒。

「啊呀呀！」啫喱大喊，騰地跳了起來。

**「你們是誰？你們想幹什麼？」**

我回答說：「我們想邀請你參加讓你畢生難忘的冒險，探訪澳洲未被污染的**淨土！**」

我不顧他的反對（*你們都知道，啫喱是個膽小鬼！*），二話不說就把他拽上了飛機！

經過漫長的飛行**旅途**，我們在悉尼降落。好不容易，我們終於說服啫喱和我們一起衝浪，地點是……鯊魚聚集的大海！

很快，我們又坐飛機來到了鯊魚灣和海豚一起游泳……那種體驗真是太**刺激**啦！

最後，我們登上一輛吉普車，穿越沙漠，來到***烏魯魯——卡塔丘塔國家公園***，欣賞烏魯魯巨石。

在我們面前，是一座壯麗的**大山**。山坡上擠滿了一個又一個旅遊團，正準備登頂。

「喂！」謝利連摩不禁抗議，「對澳洲土著來說，烏魯魯可是聖山……你們不能攀登！」

「說得好！」我們身後，一位年長的老鼠吱吱叫道，「作為

遊客，最重要的就是尊重當地的**傳統**與習俗！」

他名叫**旺格拉**，是土著部落安娜古的族長。看見我們如此尊重他的家園，他決定擔任我們的嚮導，以此感謝我們。

*真是太好啦！*

旺格拉帶我們探索澳洲特有的矮樹叢，還教會我們許許多多的技巧，幫助我們在這個截然不同的環境裏生存！

一切都很順利，直到……

- 啫喱不小心踩到了一隻箭豬的**尖刺**……
- 被一隻健壯的袋鼠猛踢了一陣……
- 被一隻深色羽毛的鴯鶓啄得大叫……

達科他實在不解，再一次問我：「你真的確定他是合適的人選嗎？」

「萬分確定，」我回答，「他只是有些水土不服……別急，過不了多久，你就知道了！」

救命啊啊啊！

那天我們向啫喱道了晚安。他剛一睡着，我們就**消失**在夜色中。

其實，這正是我們拍攝紀錄片的創意所在：把謝利連摩丟下，暗中觀察他獨自在大自然中的樣子！

第二天早晨，他醒了過來，發現我們不見了……他嚇得魂飛魄散！

「救命啊啊啊啊啊啊啊啊啊啊啊啊啊啊啊！

他一邊尖叫，一邊在叢林中亂闖。

我們躲在暗處。達科他小聲説道：「我早跟你説了！他根本不適合！」

「嘘！」我讓他安靜，「別急，過不了多久你就知道了！」

我説得沒錯……當啫喱發現必須自食其力時，他想起了旺格拉的**諄諄教導**。

他開始研究太陽的方位，判斷前進的方向；又吃野生南瓜、漿果和樹根，補充能量。

當夜幕降臨，他甚至想到了辦法**生火**。

達科他不得不承認，説：「妹妹，也許你是對的……我們沒看錯謝利連摩！」

「那我們這就去告訴他！」我吱吱叫道。

就這樣，我和達科他，還有旺格拉一起出現在啫喱面前，給了他一個大大的擁抱。他**看見**我們，簡直欣喜若狂。當他得知這一切都是我們的計劃，想培養他在野外獨立生存的能力，甚至感動落淚了！

「**謝謝你們！**」他說，「雖然吃了很多苦，但我學到了許多東西。現在我終於明白，自食其力有多重要！」

聽了他的話，我真是高興極了。其實，我從來就沒懷疑過他！

你們都知道，謝利連摩雖然沒那麼勇敢，堅強或「倔強」……

但是他**善良**，**熱情**，而且是個**樂天派**！！！

那天，當他獨自留在澳洲的原始樹林時，他學會了如何與大自然相處，珍惜和愛護大自然。

而今天，我帶來了與自然**和諧**相處的十條法則，作為禮物送給他。無論何時何地，這都能指引我們作出正確的行動。

只要大家都貢獻自己的一份力量，積少成多，我們就能保護環境，守護我們**共同的**地球家園。

想了解更多上述故事，請參看《老鼠記者33 環保鼠闖澳洲》。

# 保護環境10條法則

冷氣機溫度維持攝氏25度並配合電風扇使用，可避免長開冷氣。注意定期清潔冷氣機隔塵網。

節約用水！刷牙時不要讓水龍頭開着！用完水，千萬記得關上水龍頭！

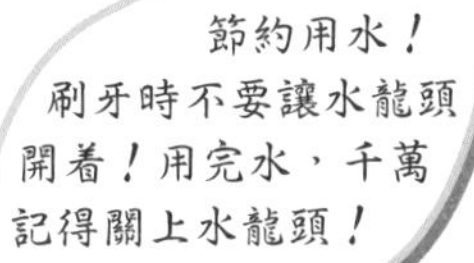

不要浪費糧食！購買食物時，注意食物的份量和保質期。

短途出行，減少駕駛汽車，盡量乘坐公共交通、騎單車或步行。

請隨手關燈，並關閉不常使用的家電，節約用電。

減少不必要的購買；不需要的東西可以轉贈他人；將不再使用的東西改造成新的物品！

注意保護環境，多參與植樹活動，也可以在你的家裏、花園或陽台上種植一些綠色植物。

減少製造垃圾，並注意垃圾分類！

購買有機、當地和當季的農產品，避免種植和運輸污染。

選擇太陽能驅動的用品，少用電池，比如充電器、體溫計、計數機和戶外照明裝置。

# 小菜一碟，易如反掌……

柏蒂剛把禮物遞給我，菲就大喊：「我記得那場野外冒險！我看過你的紀錄片呢！」

多愁也叫道：「啊，澳洲，到處是**奇異**、**兇猛**、**充滿毒性的動物**……多麼神奇的地方啊！」

柏蒂回應說：「如果下次我再去，一定叫上你們！」

蕾拉蕾拉把咪高峯遞來遞去，興奮地大喊：「*好，太好了！美，太美了！*各位真是女中豪傑，風采絲毫不輸謝利連摩選手！」

她投入在菲、多愁和柏蒂的對話中，完全

線索1
線索2
線索3
我說的永遠
都對！
哼！！！

沒發現，無人機又投影出三條新**線索**。

我不費吹灰之力就猜出了第一條線索：「這一份報紙，答案可能暗示……我的競爭**對手**。」

第二條也簡單！我只看了一眼就認出那幢**大樓**，因為我每天都能從辦公室的窗户看到它。那是《老鼠日報》的編輯部！

第三條線索更加證實了我的猜測。

我自信滿滿，大聲喊道：「在這個世界上，就只有一隻老鼠會自信到這個地步。她就是《老鼠日報》的總裁**莎莉·尖刻鼠！**」

蕾拉蕾拉朝我擠了擠眼：「看起來你似乎胸有成竹！那還等什麼？趕快**打開大門……**」

果然，從門後探出腦袋的，就是莎莉·尖刻鼠！我猜對了！

可是，我的對手看起來似乎**不太高興**，應該是**火冒三丈**，啊不，簡直是**怒氣衝天**……

「是誰把答案洩露給你的？嗯？史提頓大笨蛋！就憑你，怎麼可能猜對？!哼！誰不知道，你的腦袋就像貓糧，哼！哼！！哼！！！」

我不禁咕噥說：「這些線索簡直是小菜一碟，易如反掌……」

她暴跳如雷地說：「小菜一碟？？？明明是**難上加難**！簡直**不可能破解**，哼！」

啊歐，我可不想讓她生氣的！

我想道歉，莎莉卻根本不理會我，說：「要是早知道這遊戲能作假，我才不會**參加**……不過，既然我已經來了，那還客氣什麼？我也要說說我的故事！」

史提頓

# 莎莉·尖刻鼠

謝利連摩·史提頓的宿敵，《老鼠日報》的總裁。

她很貪吃，可以吞下非常多乳酪巧克力糖。

她的目光猶如寒冰一樣冷峻。她把頭髮漂成了黃色，身材和舉重運動員一樣強壯！

她從不好好說話，每次都拔高嗓門大喊。她從不說「請」和「謝謝」，只是在每句話的末尾不停重複「哼！」

她最愛豔麗的桃紅色，所有衣服都是這個顏色。

她很吝嗇，也不守規則。為了獲得獨家新聞，常常不擇手段。

她極端自信，卻常常感到孤單，於是，脾氣也越來越差！

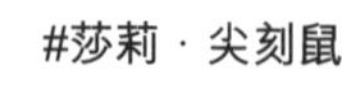

# 奪面雙鼠

首先我要說明一件事！我接受邀請參加這個節目完全只是因為我超級上鏡……誰要是敢反對，就是笨蛋，**哼！**

然後我們再來說說史提頓這個大笨蛋……當時，我幾乎就要把他的垃圾小報《鼠民公報》**收入囊中！**那是我們的第一次「交鋒」！

那時我想出了一個天才計劃。首先，我找到一個演員，叫塔特列．餡卷鼠。他長得酷似謝利連摩：

- 一樣的大耳朵；
- 一樣蒼白的臉色；
- 一樣乏味的聲音。

簡直就是一對**孿生**兄弟！

我付了他一筆錢，讓他四處冒充謝利連摩，以**破壞**他的名聲！

無論塔特列做什麼，都會向我匯報……

- 「我狠狠踩了市長一腳，之後連抱歉都沒說！」
- 「我在一家高級**餐廳**點了所有最貴的菜，沒有付賬就離開了！」
- 「我接受老鼠電視的採訪，聲稱閱讀是浪費時間！」

哈哈，這是多麼有趣！但好戲還在後頭呢！塔特烈甚至還幫我把爪子伸向了謝利連摩最珍貴的財產——他的**報社！**

他混入《**鼠民公報**》編輯部，冒充謝利連摩，把報社低價賣給了……我！*哼！！！*

「現在一切都由我說了算！只有我！」

我歡呼雀躍，還吞下了一整盒**超級特大**乳酪巧克力糖。

就在這時……叮鈴鈴，叮鈴鈴鈴，叮鈴鈴鈴鈴，叮鈴鈴鈴鈴鈴……

電話響了！

我接起電話：「**誰啊？!**」

一把稚氣的聲音吱吱說道：「嗯……我是你的年輕崇拜者，剛剛成立了莎莉鼠迷會！」

「我有莎莉鼠迷會了？!」我不禁喜出望外。

對方回答：「當然啦！」

我聽到了電話那頭的背景聲音：有很多很多鼠迷正在為我歡呼吶喊。

對方繼續說道：「我們會在特羅斯大道35號為你舉辦一場慶祝活動。大家恭候你的光臨！」

**啊哈哈哈哈！**我彷彿已經聽到熱烈的

掌聲，看見一場豪華晚宴……這一定會是一場年度盛事！

但是，當我到達目的地時……那裏根本沒看見我的鼠迷。

根本沒有從天而降的彩色紙屑！連一束花都沒有！根本就是一場**惡作劇**！*呃啊啊啊啊！*

我氣得火冒三丈，只好回到《**老鼠日報**》。在大樓門前，那個窩囊廢保安多利·看門鼠，居然不讓我進去！

「你不是莎莉，」他毫無懼色，「你是**冒牌貨！**」

「你怎麼敢這樣跟我說話？」我一頓臭罵，罵到他鬍鬚打結。

他開始抽泣：**「這是你自己說的！」**

他指了指監控室裏的電視。

他正收看老鼠電視。當時正是一段採訪……什麼？為什麼那隻老鼠和我長得一樣？！

和我一樣的金髮。

和我一樣美麗的碧眼。

連穿的衣服也來自我經常光顧的精品店！

她正坐在我的書桌前，高興地**宣布**着一條又一條荒唐的消息！

「我會把《**鼠民公報**》還給謝利連摩。這可是我莎莉·尖刻鼠說的！」

「《**老鼠日報**》將設立**史提頓大獎**，幫助年輕的各方專才！」

「我會把所有員工的工資提高一倍，啊不，是兩倍！」

我終於明白了：那個史提頓大笨蛋已經發現是我派鼠冒充他，在妙鼠城各地毀壞他的名聲，並奪走《**鼠民公報**》……而現在，他要**以牙還牙！**

我定睛一看，終於發現究竟是誰在冒充我……居然是他的大笨蛋表弟賴皮！

至於那個聲音稚氣的假崇拜者……不用說，一定是他姪子班哲文！我不禁大喊：

**「你這個長着梵提娜乳酪腦袋的傢伙，我要把你做成肉丸！」**

我走出控制室，決定硬闖**《老鼠日報》**奪回我的位置。就在這時，幾十名記者蜂擁而上。

「莎莉，作為妙鼠城最受歡迎的女鼠，你感覺怎樣？」其中一名問道。

「你真是慷慨善良！」另一名又喊道。

**「我想為你效力！」**第三位懇求道。

這時，我的全體員工也都湧上街頭，為我歡呼喝彩。

「尖刻鼠女士請我們免費參加豪華旅行！」我的秘書對着鏡頭說道。

「還為我們準備了一場乳酪盛宴！」一位編輯說。

「莎莉．尖刻鼠，**莎莉萬歲！**」後勤雜工高喊。在場的其他員工也跟着大喊：

**「莎莉萬歲！」**

這感覺可真奇怪！

我火冒三丈，怒不可遏，氣急敗壞，恨極了那個史提頓大笨蛋……

但同時，我又深受感動，**激動不已，心滿意足！**

這才是我期盼已久的慶祝活動……

我一定要盡情享受！

但我想先發條信息給謝利連摩：

**「大笨蛋！這次姑且放過你，但下一次，我一定不會罷休！」**

你們看，今天我不是來了嗎？要是你解答不出我給你準備的頂級**難題**……你就等着你的鬍鬚因為害臊而掉得精光吧！*哼！哼！！哼！！！*

想了解更多上述故事，請參看《老鼠記者11 奪面雙鼠》。

**1**

以下太陽系裏的行星哪個體積較大？

A. 火星

B. 木星

**2**

甲蟲有多少條腿？

A. 6

B. 8

**3**

錫羅科風（Sirocco）什麼？

A. 一種藥

B. 一種乾燥的熱風

**4**

核桃的內部是什麼？

A. 核桃核

B. 核桃仁

**5**

怎樣形容大象的聲音？

A. 嗚

B. 哞

**6**

哪種植物可以用作榨取煮食油？

A. 鬱金香

B. 向日葵

答案：1.B、2.A、3.B、4.B、5.B、6.B

# 最後的線索

蕾拉蕾拉插了進來：「卡，邁克！這個我們**後期**處理一下……」

莎莉不禁尖叫：「處理？有什麼需要處理的 ?! 我一直都很完美！」

蕾拉蕾拉試着解釋：「這個……你的聲音有些……怎麼說呢……**刺耳……**」

莎莉的臉「刷」地變得如番茄般通紅，頭髮也豎了起來。她不禁嚷嚷：「刺耳？我的聲音明明像**蜂蜜**一樣甜美！像夜鶯一樣悅耳！像豎琴一樣悠揚！」

賴皮嘲笑道：「沒錯……走調的豎琴！」莎莉氣得直跺腳。

就在這時，無人機又投影出三條**線索**……

線索1
線索2
數碼高手
線索3

嗯，嗯，嗯……遊戲手柄，奇怪的信息，還有我似曾相識的飛行工具……

蕾拉蕾拉鼓勵我說：「加油，史提頓選手。這一集的錄製**即將結束！**堅持！」

什麼什麼什麼？！這麼說，我一定要全力以赴！只有錄完節目，我家才能恢復正常！

「讓我想想……誰又愛打**遊戲**，又會乘坐這麼奇怪的裝甲工具出行，而且精通數碼科技……」

數碼！我騰地跳了起來！

「我明白啦！」我不禁歡呼，「要說數碼科技，會有誰比他們更厲害！門外站着的，一定是……**比特兄妹！**」

主持人大喊：「史提頓選手，你還真是精力充沛啊！那就讓我們揭曉答案吧！」

## 最後的線索

門一打開……呼！我不禁鬆了一口氣！真是麥加和吉加，傳奇的比特兩兄妹呢！

「謝利連摩，*你真棒！*」麥加笑着說道。

「何止是棒，簡直超級厲害！」吉加又補充道。

他們和我所有的家人一起，歡呼喝彩：

**「做得好，謝利連摩！」**

**「啫喱叔叔，你太聰明了！」**

**「謝利連摩大笨蛋，你也沒那麼笨嘛！」**

這時，蕾拉蕾拉重新掌控了局面指示說：「邁克！卡！現在到了故事時間！」

麥加立刻接過話頭。兩兄妹就此開始了**講述**……

史提頓

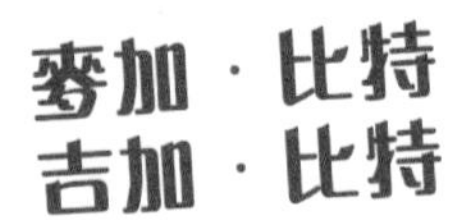


雙胞胎兄妹，電腦中心「超級比特店」的創立者。

麥加聰穎機靈，是老鼠島的頂尖遊戲高手，熱愛研發新遊戲。

吉加聰明機智，是老鼠島上最好的程式員，熱衷創造電腦程式。

兄妹倆都喜歡穿休閒服和運動鞋。不過，吉加多了條領帶！

他們最大的夢想是發明出一種應用程式，防治污染，保衛地球！

他倆形影不離。在謝利連摩踏進他們商店的那一刻，和他成為了朋友。因為，他是他們的第一位顧客！

兄妹倆都戴着高科技眼鏡，它同時還是太陽眼鏡來的！

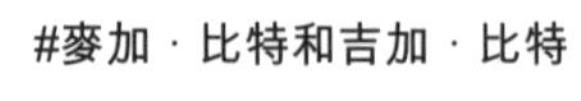

# 第一位顧客

我和我的哥哥吉加在妙鼠城開了一家超級商店，名叫「超級比特店」，專為喜愛**電腦**和**遊戲**的顧客服務……

你們知道，我們的第一位顧客是誰嗎？

沒錯，就是他，***謝利連摩・史提頓***！

當時，吉加剛剛按下自動門的啟動開關，謝利連摩就跑了過來……**哐噹！！**

他的**頭**狠狠撞在玻璃上！

*「我以一千個千百萬位元組的名義發誓*，我得好好檢查檢查運動感測器，」吉加歎了口氣。

我呢，則趕快上前幫助我們的第一位顧客……他真是超級窘迫呢！

「**唉喲，唉喲**……」謝利連摩一邊站起身，一邊說道，「我想讓你們幫我檢查這台**電腦**。最近它有點調皮……」

「這台電腦已經很舊了！」吉加感歎，「是一件**古董！**我還以為不會有誰再用這樣的電腦。」

「呃，這是因為我對它有很深的感情啦，」啫喱的臉漲得通紅，簡直就像辣椒。

「要修好它簡直是**超級挑戰**，不過看我的！」哥哥一邊說，一邊開始飛快敲打着鍵盤。

你們知道嗎？他是電腦方面的超級天才！

「我要為你裝個新的瀏覽器，」他低聲說道。

「然後再創立一個新帳户，下載許多最新應用軟件！」

「呃……其實我只要修理**鍵盤**上的『R』鍵啦……」謝利連摩試着阻止。

但吉加卻並不理會：要重啟系統，重新啟動軟件，我必須把你的電腦連上我的才行。快，把那根**線**給我！」

「哪根線？這根嗎？」謝利連摩抓起地上的一根電線問。

那根線**纏**在一把椅子上。被謝利連摩這麼一拔，呼嘭！椅子瞬間翻倒，又推倒了工作枱……接着，一張沾滿灰塵的舊光碟飛了出去……

它穿過整個房間……砸中一堆**大箱子**。箱子裏裝着的，是超級昂貴的最新器材零件，吉加還沒來得及組裝！

我們個個屏住呼吸。

只見箱子左搖右晃……來回擺動……搖搖欲墜……

接着，它們開始一個接一個**落下！**真是一場超級大災難！

謝利連摩一個箭步，抓住了第一個，然後第二個（*幸好幸好！*）……吉加又飛身抓住了第三個和第四個（*萬歲！*）……

至於我，也抓到了第五個和第六個（*真的超級厲害，對吧？*）。

「**對不起對不起！**」謝利連摩的臉漲得和**超級番茄**一樣紅。

「我真是闖了大禍！」

我卻一把抱住他，還在他的鬍鬚上印了個**超級大吻！**

你們想知道為什麼嗎？那個搗蛋鬼給了我一款新遊戲的靈感！我立刻設計起來……

我就叫它「**超級箱子**」：遊戲玩家必須飛快接住不斷掉下的一個又一個箱子！

不到一周時間，它就成了**老鼠島**上下載次數最多的遊戲！

為了感謝謝利連摩促成了這遊戲誕生，吉加請我們的好朋友史奎克·愛管閒事鼠發明出了一台**超級電腦**，專為謝利連摩量身打造。

現在，每當他需要趕稿，那台電腦都會是他最得力的幫手。

你們知道我在說誰，對不對？！

當然是**電腦利洛**啦！

反正，自從那天起，我們就成了超級好朋友……*咕吱吱！*

一切都是從那扇看似敞開的玻璃門開始的！於是，我就想到，要送給他一份**超級禮物**……它將會再次提醒謝利連摩，不是所有東西都像表面看上去的那樣啊！！！

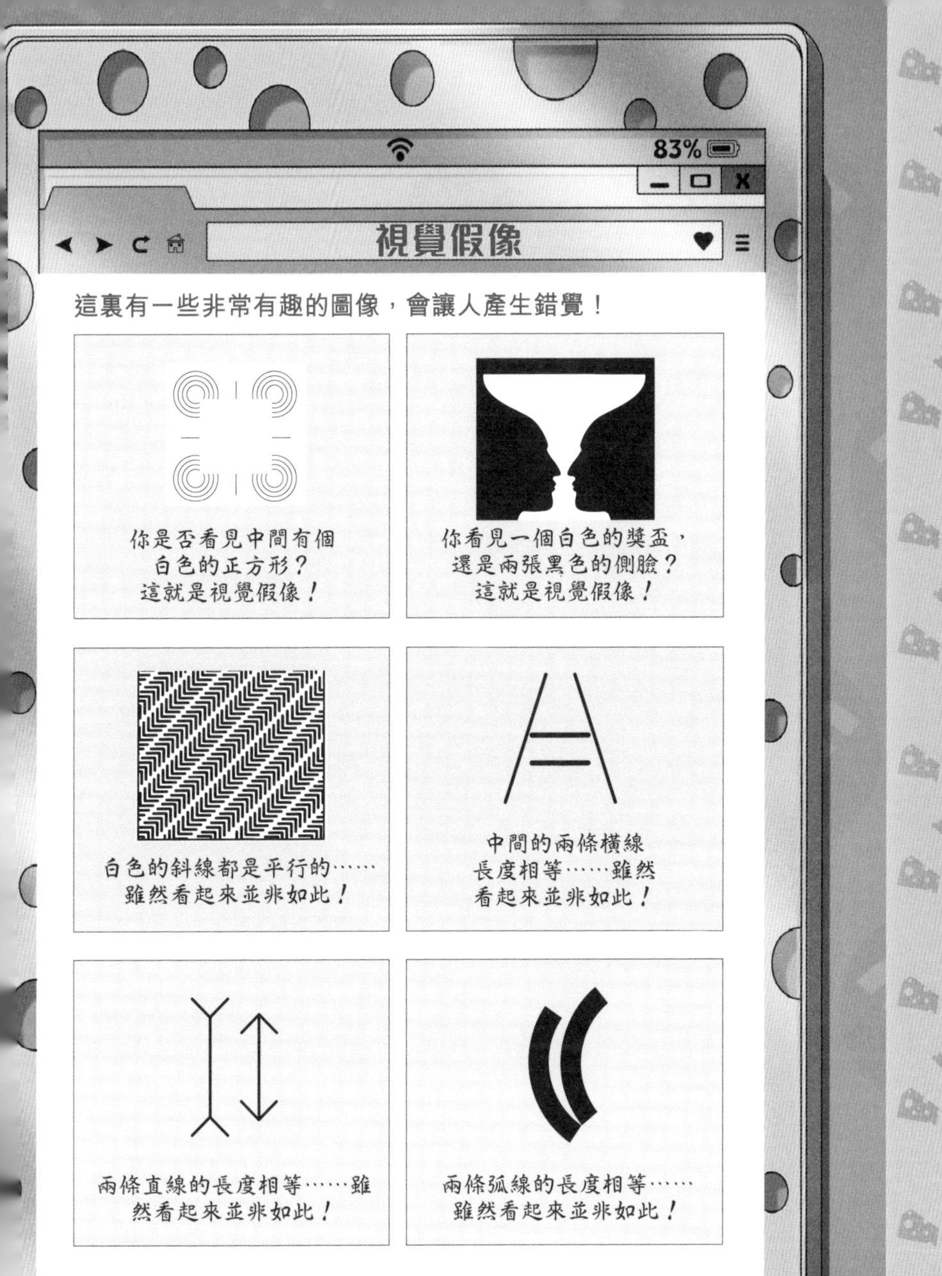
83%
視覺假像
這裏有一些非常有趣的圖像，會讓人產生錯覺！
你是否看見中間有個
白色的正方形？
這就是視覺假像！
你看見一個白色的獎盃，
還是兩張黑色的側臉？
這就是視覺假像！
白色的斜線都是平行的……
雖然看起來並非如此！
中間的兩條橫線
長度相等……雖然
看起來並非如此！
兩條直線的長度相等……雖
然看起來並非如此！
兩條弧線的長度相等……
雖然看起來並非如此！

# 生日快樂！

那份禮物我也收下了。

這時，我環顧四周。整個客廳已經坐滿了我最親愛的家鼠和朋友：班哲文和翠兒、史奎克、菲、多愁、賴皮、艾拿、柏蒂……還有莎莉和比特兄妹！

就在那一刻，我意識到了一件事。

**雖然**我一大早就被一架不知從哪兒冒出的無人機趕下了牀；**雖然**我被打扮成了一個花花公子；**雖然**我被迫猜了一條又一條謎語，甚至還接受了不少懲罰；**雖然**今天我本該享受片刻的寧靜，卻一刻也不得消停……但我發現，我生命中最**重要**的親友，此刻都在我的身邊。

他們都接受了邀請，前來講述和我一起經歷的特別故事，還精心準備了**禮物**，表達他們對我的愛（*咳！雖然這句話可能不適用於莎莉，但不管怎樣，她也來了！*），感動不已。

**「啫喱叔叔……你的眼睛**
**怎麼閃着光呀？」**

翠兒問道。

「謝利連摩，難道你的眼裏進了小灰塵？」史奎克又問。

我支支吾吾地說：「沒……沒什麼，只是……」

「只是什麼，孫兒？」爺爺的聲音總是這麼低沉。

「不能哭，不能哭，妝容會花的！」麗鼠先生急忙叫道。

蕾拉蕾拉卻說：「邁克，快給史提頓選手**特寫**鏡頭！那是感動的淚水，一定會感染觀眾！**一定會是個圓滿的結局！**」

「結局？」我不禁問，「你是說不會再有其他神秘嘉賓了嗎？」

就在這時，門鈴再一次響起。

**叮咚叮咚！叮咚叮咚！**

「只差一位了！」蕾拉蕾拉露出了微笑。

「沒錯！還差最特別的那位！」班哲文補充道。

「他有着**金子一般純淨的心靈♡**……」菲說。

「他總為朋友挺身而出！」賴皮說。

「而且還充滿魅力！」多愁最後說道。

我實在想不出，那究竟是誰呀？

「好吧，我認輸！」我說。

「史提頓選手，這次請你自己去開門吧！」

我打開大門，居然看見……

# 我自己！

其實，那是一面大鏡子！

班哲文和翠兒立刻衝上前來把我抱住：

**「答案就是你呀，叔叔！你是最棒的！」**

我的朋友們一個接一個補充道：

「最仗義的！」

「最真誠的！」

「最誠實的！」

「最可靠的！」

「最慷慨的！」

「最善良的！」

「最像膽小鬼的！」

「最像斯卡莫澤乳酪的！」

「最像大笨蛋的！」

我一邊留下感動的淚水，一邊開懷大笑起來。

沒錯！我有許多的優點，還有數不清的缺點，但最重要的是，我有許多、許許多多的朋友，他們都

喜歡我本來的樣子！

這就是我所能期盼的最好禮物……這樣的友誼，這樣的歡樂，我一輩子都不會忘記！

這可是史提頓說的啊！謝利連摩·史提頓！

# 老鼠記者 Geronimo Stilton

1. 預言鼠的神秘手稿
2. 古堡鬼鼠
3. 神勇鼠智勝海盜貓
4. 我為鼠狂
5. 蒙娜麗鼠事件
6. 綠寶石眼之謎
7. 鼠膽神威
8. 猛鬼貓城堡
9. 地鐵幽靈貓
10. 喜瑪拉雅山雪怪
11. 奪面雙鼠
12. 乳酪金字塔的魔咒
13. 雪地狂野之旅
14. 奪寶奇鼠
15. 逢凶化吉的假期
16. 老鼠也瘋狂
17. 開心鼠歡樂假期
18. 吝嗇鼠城堡
19. 瘋鼠大挑戰
20. 黑暗鼠家族的秘密
21. 鬼島探寶
22. 失落的紅寶之火
23. 萬聖節狂嘩
24. 玩轉瘋鼠馬拉松
25. 好心鼠的快樂聖誕
26. 尋找失落的史提頓
27. 紳士鼠的野蠻表弟
28. 牛仔鼠勇闖西部
29. 足球鼠瘋狂冠軍盃
30. 狂鼠報業大戰
31. 單身鼠尋愛大冒險
32. 十億元六合鼠彩票
33. 環保鼠闖澳洲
34. 迷失的骨頭谷
35. 沙漠壯鼠訓練營
36. 怪味火山的秘密
37. 當害羞鼠遇上黑暗鼠
38. 小丑鼠搞鬼神秘公園
39. 滑雪鼠的非常聖誕
40. 甜蜜鼠至愛情人節
41. 歌唱鼠追蹤海盜車
42. 金牌鼠贏盡奧運會
43. 超級十鼠勇闖瘋鼠谷
44. 下水道巨鼠臭味奇聞
45. 文化鼠巧取空手道
46. 藍色鼠詭計打造黃金城
47. 陰險鼠的幽靈計劃
48. 英雄鼠揚威大瀑布
49. 生態鼠拯救大白鯨
50. 重返吝嗇鼠城堡
51. 無名木乃伊
52. 工作狂鼠聖誕大變身
53. 特工鼠零零 K
54. 甜品鼠偷畫大追蹤
55. 湖水消失之謎
56. 超級鼠改造計劃
57. 特工鼠智勝魅影鼠
58. 成就非凡鼠家族
59. 運動鼠挑戰單車賽
60. 貓島秘密來信
61. 活力鼠智救「海之瞳」
62. 黑暗鼠恐怖事件簿
63. 黑暗鼠黑夜呼救
64. 海盜貓暗偷鼠神像
65. 探險鼠黑山尋寶
66. 水晶貢多拉的奧秘
67. 貓島電視劇風波
68. 三武士城堡的秘密
69. 文化鼠減肥計劃
70. 新聞鼠真假大戰
71. 海盜貓遠征尋寶記
72. 偵探鼠巧揭大騙局
73. 貓島冷笑話風波
74. 英雄鼠太空秘密行動
75. 旅行鼠聖誕大追蹤
76. 匪鼠貓怪大揭密
77. 貓島變金子「魔法」
78. 吝嗇鼠的城堡酒店
79. 探險鼠獨闖巴西
80. 度假鼠的旅行日記
81. 尋找「紅鷹」之旅
82. 乳酪珍寶失竊案
83. 謝利連摩流浪記
84. 竹林拯救隊
85. 超級廚王爭霸賽
86. 追擊網絡黑客
87. 足球隊不敗之謎
88. 英倫魔術事件簿
89. 蜜糖陷阱
90. 難忘的生日風波
91. 鼠民抗疫英雄
92. 達文西的秘密
93. 寶石爭奪戰
94. 追蹤電影大盜
95. 黃金隱形戰車
96. 守護幸福山林
97. 聖誕精靈總動員
98. 復活島尋寶記
99. 荒島求生大考驗
100. 謝利連摩和好友的歡樂時光

**與老鼠記者一起**
**歷奇探險走天下！**

各位親愛的鼠迷朋友：

在這個出版第100期的重要時刻，謝謝您與我一同見證！我的創作靈感仍然源源不絕，敬請期待我下一本新書。我們下次再見！

謝利連摩・史提頓